www.tredition.de

AF204426

NichtGanzDichter

Laugh! Sex! & Poetry!

Humorvolle erotische Texte
von zart bis hart

www.tredition.de

© 2019 NichtGanzDichter

Cover: Michaela Gandelheidt, NichtGanzDichter

Verlag und Druck: tredition GmbH, Halenreie 40-44, 22359 Hamburg

ISBN
Paperback: 978-3-7469-0982-0
Hardcover: 978-3-7469-0983-7
e-Book: 978-3-7469-0984-4

Inhaltsverzeichnis

Einführung

Liebe Leserin, lieber Leser,

seit mehr als zehn Jahren ist der „nicht ganz Dichte"
literarisch unterwegs. Über 150 Auftritte bei Poetry
Slams und Lesebühnen kamen seitdem zusammen.

Was die wenigsten ahnen: Seine ersten veröffent-
lichten Texte waren erotischer Natur! Doch nicht
etwa anstößig und allzu direkt, vielmehr auf jene
Weise, die so typisch ist für das Schaffen des
umtriebigen Poeten: originell, reflektiert und vor
allem humorvoll! Denn auch lustvolles Geschehen
lässt mitunter Raum zum ausgiebigen Lachen!

So war es an der Zeit, eine Sammlung humorvoller
erotischer Texte vorzulegen – von zart bis hart!
Vom vielbeschworenen Eheglück über den etwas
strengeren „Erlkönig", von klassischen erotischen
Geschichten bis hin zum Werbetext für den neuen
Studiengang Erotik wird ein breites Spektrum
geboten! Freuen Sie sich auf gute Unterhaltung,
„BDSM-Comedy" inklusive!

Infos und Auftrittstermine gibt es im Internet unter:
www.nichtganzdichter.com
sowie www.youtube.com/user/NichtGanzDichter

Kontakt und Buchungsanfragen:
info@nichtganzdichter.com

REIME

UND

GEDICHTE

Eheglück

Im Ehebett, seit langer Zeit,

da herrschte traute Einsamkeit,

denn Hilde und ihr holder Mann,

die rührten sich schon lang nicht an.

Das wollte *er* auch gar nicht ändern:

Er hatte Spaß – in ander'n Ländern!

Von Thailand bis Burkina Faso

zahlt Herbert gut für Sadomaso!

Warum sein Rücken manchmal blau ist?

Weil das nicht von seiner Frau ist!

Er braucht nun mal die harten Touren,

die hinterlassen eben Spuren!

Nur Hilde darf davon nix wissen,

sonst heult die sich noch in ihr Kissen!

So bleibt nach außen hin er schamhaft,

wenngleich als Anwalt durchaus namhaft.

Da steht er auf Platz Eins im Ranking,

und heimlich steht er voll auf Spanking!

Auf wunde Ärsche, blaue Flecken,

nur Hilde darf es nicht entdecken!

Und bisher hat sie's nicht erfahren!

So läuft das schon seit vielen Jahren…

Man hat sich häuslich eingerichtet,

aufs Liebesleben ganz verzichtet.

Da spielt man Halma und Mau-Mau

und hüllt sich ein in schlichtes Grau,

im schnöden Reihenmittelhaus!

Und niemand zieht den Kittel aus!

Denn keiner, der die Sehnsucht stillt,

die Lust derweilen überquillt!

Wie nett wär da mal 'ne Vernaschung,

oh, eines Tages: Überraschung!

Da schellt es stürmisch an der Tür,

prompt *hat* er da so ein Gespür:

Das ist jetzt nicht die Polizei,

der *Briefträger* kommt nicht vorbei,

auch *Pizza* wird das wohl nicht sein,

ihm fällt was *Unerhörtes* ein:

dass seine Hilde, nicht ganz brav,

womöglich *einen ander'n* traf!

Kaum hatte er sich das gedacht,

da ward die Tür schon aufgemacht!

Ein Jüngling, ganz in schwarz gekleidet,

genüsslich durch die Wohnung schreitet!

In edlem Leder, recht adrett,

entführt die Hilde er ins Bett!

Mit strengem Blick und tiefem Ton

vollzieht er seine Obsession!

Das Werkzeug hält er in der Hand,

der Ehemann hat's nun erkannt!

Drum zieht er eine fiese Fratze,

denn neunschwänzig ist hier die Katze,

die nicht miaut, doch dafür schlägt,

was seine Hilde *gern* erträgt!

Oh nein, was ist das für ein Mist,

dass jetzt Besuch vom Hausfreund ist!

Was soll das nur, was geht hier vor?!

Hier *bläst* heut Nacht… kein Mädchenchor!

Für Herbert ist's ein echter Graus,

da fliegt er auch schon rücklings raus!

Denn dieser Jüngling, Johnny heißt er,

war früher mal Karatemeister!

Mit einem Schritt und einem Tritt

liegt Herbert flach – er denkt nur: SHIT!

Der Johnny ist 'ne echte Wucht!

Und *ich* beherrsch' nur Kleintierzucht!

Wenn das der Kassenwart erfährt,

mit wem die Hilde so verkehrt

und wer sie gerade penetriert,

dann ist mein Ruf wohl ruiniert!

Dann wird es mit dem Vorsitz nix!"

Und Herbert rafft sich auf ganz fix,

hat den Moment er zwar verpasst,

sein Schicksal nimmt er fast gefasst…

Er schleicht sich heimlich ran ans Fenster

und glaubt, er sehe wohl Gespenster!

Zwei rabenschwarze, lange Schatten –

und zwei, die Lust aufs Eine hatten!

Die Hilde bringt mich in Verruf,

denn völlig nackt, wie Gott sie schuf,

schien sie der Fiesling zu bespielen…

da lohnt's, genauer hinzuschielen

und seine Lauscher aufzusperren!

Oh nein, warum das laute Plerren?!

Und Herbert hofft, dass das aus Frust sei!

Nein, nein, das war g'rad Hildes Lustschrei!

Der süße Schmerz, genau ihr Ding,

die Gerte sich im Po verfing,

weil Johnny ihr den Arsch verhaute

und Herberts Illusion versaute,

dass seine Hilde ihm stets treu ist,

wodurch seit heute alles neu ist…

bei diesem deutschen Ehepaar

im ach wievielten Ehejahr…

G'rad will er noch um Fassung ringen,

da ruft's: „Wir sind hier nicht beim Swingen!

Was fällt dir ein, hier reinzugaffen?"

schreit Johnny hin zum Ehe-Affen,

der noch am off'nen Fenster steht

und diese Welt nicht mehr versteht.

Da spürt er schon den ersten Schlag!

Weil Johnny *Zuschauer* nicht mag,

sorgt der für ein recht heißes Ohr

mit thailändischem Bambusrohr,

das Herbert aus dem Urlaub brachte,

als er's mal wieder *heimlich* machte.

Jetzt mischt sich auch noch Hilde ein

und ruft zu Herbert: „Weg, du Schwein!"

Der weiß nicht mehr, wie ihm geschieht,

so dass er aus dem Haus auszieht,

wobei er sich zunächst bekifft,

weil Hilde *nicht nur Johnny* trifft!

Der *Schatzmeister* aus dem Verein,

der durfte letztens auch mal rein.

Und selbst der Nachbar nebenan,

der stand bei Hilde seinen Mann!

Oh ja, was ist das für ein Drama,

um nicht zu sagen: schlechtes Karma!

Und die Moral von dem Gedicht:

…. Warum REDET ihr denn nicht?!

Den wahren Abgrund siehst du nie –

drum lebe deine Fantasie!

Mein König

Wer... schreit denn so spät bei Nacht und Wind?

Es ist die Sklavin, der Angstschweiß rinnt!

Die Türe verschlossen, der Schlüssel versteckt,

der Boden geputzt und das Klo wie geleckt!

Das Herz am Vibrieren, der Dame wird warm,

auf einmal, da packt sie ein Typ voll am Arm:

„Was birgst denn... du Sklavin

so bang dein Gesicht?

Hörest du nicht, was der Meister verspricht?!

Du brauchst nicht zu schreien,

du brauchst nicht zu flennen!

Du wirst mich fortan deinen *König* nennen!"

    „Wer bist du, wie kriegtest du

      mich hier zu fassen?"

„Dein Herr hat dich *mir* zum Gebrauch überlassen!"

    „Dann sag mir, *mein König*,

      was hast du zu bieten?

      Die letzten drei Doms

      war'n *erbärmliche* Nieten!"

„Du wirst mir jetzt dienen,

auch wirst du mich preisen

und wirst mir stets treuen Gehorsam erweisen!

Ich peitsche, ich piekse, ich hau auf den Po,

und streng und gerecht bin ich sowieso!"

Die Sklavin hört's an und sagt brav:

„Ja, ich weiß!

Ich schimpfe, ich motze,

ich kratze, ich beiß'!"

„Sei still, meine Sklavin, das klingt nicht gesund!"

Er hält ihr den Knebel direkt vor den Mund!

„Du, *liebe* Sklavin, komm geh' mit mir,

denn schöne Spiele spiel' ich mit dir!

Mit Klemmen, mit Ketten, zu meinem Pläsier!

Fast hätt ich's vergessen: Hier ist mein Klistier!"

Die Sklavin erschaudert, ist starr wie vor Schreck.

Sie fasst einen Plan, und der heißt: *nix wie weg*!

„Mein König, mein König,

Sie müssen verstehen,

bevor wir hier spielen,

würd *ich* gern was sehen,

drum, wertester Meister der Dominanz,

jetzt zeig mal dezent deinen…. *Firlefanz!*"

„Jawohl, meine Sklavin, bleib ruhig, mein Kind!

Ich mache um sowas nicht gern so viel Wind!"

Schon schimmert im Dunkeln sein edelster Stab…

Die Sklavin schaut's an und sagt:

„Gar nicht dein Tag!

Ich mag es eher mächtig

statt schrumplig und schlaff!"

Gar frech war die Sklavin – der König war baff!

Was könnt' es jetzt sein, was ihr hier imponiert…

weswegen *er* einfach mal Goethe zitiert:

„Meine Sklavin, mich reizt deine schöne Gestalt,

und bist du nicht willig, dann brauch ich Gewalt!"

„Mein König, mein König,

ich denke, der macht sich!"

Die Sklavin mit ihren gut ein Meter achtzig

verspürt nun so gar keinen Bock mehr auf Plausch,

vielmehr steht der Sinn ihr nach Rollentausch!

So legt sie auf einmal den Knaben aufs Kreuz!

Und ruft noch:

> „Mein König, ich hoffe, dich freut's!
>
> Bei knebeln und fesseln,
>
> da wirst du doch geil!"

Schon packt sie es an, dieses taufrische Seil!

Mit eiserner Kraft und mit weiblichem Duft,

so zieht sie den Schuft ausgebufft in die Luft!

„Meine Sklavin, meine Sklavin,

das kann doch nicht sein!

Hier kommt doch sogleich meine Zofe herein!"

> „Mein König, mein König, ich seh es genau
>
> Es scheint mir, als sei ich die *einzige* Frau!
>
> Du hast dich geschnitten,
>
> dich hab' ich in Butter,
>
> Ich hab' es gesehen:
>
> Du lebst bei der Mutter!"

„Meine Sklavin, meine Sklavin,

hör' auf mit dem Hohn!"

Sie ist noch nicht fertig mit ihrer Lektion:

„Bevor ich dich von deiner Strafe verschone:

Wie heißt noch das Safeword?!"

Der König ruft „Krone"!

Die setzt sie ihm schnell

und gekonnt auf sein Haupt.

Die Herrschaft wird wütend,

der Dominus schnaubt…

Sie steckt ihm den Knebel tief in den Rachen…

„Nie wieder wirst du

mit mir sowas machen!"

Sie nimmt seine Sachen, von groß bis ganz klein,

und führt auch das eine und andere ein!

„Oh nein", denkt der König, „jetzt fasst sie mich an!

Die Sklavin hat mir *ein Leid* getan!

Oh bitte, oh bitte, oh lasse mich fort

von diesem miesen und düsteren Ort!"

Die Sklavin erbarmt sich und lässt ihn hinab,

erst schießt sie ein Selfie, dann lacht sie sich schlapp,

denn plötzlich betritt eine Dritte den Raum:

Die *Zofe*… erkennt ihren König nun kaum!

Mit zitternden Händen und schlotternden Knie

gerät dieser Anblick zum Schreien wie nie!

Da lachen die Damen und rufen: „Hinaus!"

Ein Tritt in den Arsch, und der Knebel fällt raus!

Da macht sich was Luft – und es blubbert, es *bläht*!

„Und hat's Euch gefallen, Eure Majestät?!"

Die Sklavin kriegt sich jetzt gar nicht mehr ein,

so wechselhaft kann eine Session wohl sein!

Sie denkt nur: „Wenn *ich's* meinem Herren erzähle,

der fragt sich: ,ob *ich* sie wohl ausreichend quäle'?"

Egal, denn der König verschwindet geschwind,

die Freiheit bricht los, und es stürmet der Wind.

Mit Wehen und Klagen und leisem Gewimmer

begibt sich die Herrschaft ins Kinderzimmer,

erreicht seine Schlafcouch mit Mühe und Not!

Bis heute ein König – jetzt ist er devot!

Für euch Frauen

1. Ihr bringt das Leben in die Welt,
ihr seid es, was dem Mann gefällt!
Ihr habt keine starken Ellenbogen…
und konsumiert höchstens weiche Drogen!

2. Ihr parkt in Lücken nicht gerne ein,
erzählt nicht so viele Schweinereien…
Ihr kauft keine Autos, sondern Schuhe,
ihr redet so viel und gebt niemals Ruhe!

3. Ihr seid süß wie Bärchen von Haribo,
und geht fast immer zu zweit aufs Klo…
Eure Haare tragt ihr zum Zopf gebunden,
wenn ihr shoppen geht, dauert das einige Stunden.

4. Ihr mögt weder Fußball noch Formel Eins,
von euren Geheimnissen sagt ihr mir keins…
Ihr habt häufig Kopfweh und meint: „Gib mir Zeit!"
Und der Mann ist leider schon seit Stunden bereit…

5. Ihr trinkt gerne Cocktails und süße Sachen,

ihr könnt in Männern das Feuer entfachen!

Ihr wisst, wie man sie am besten verführt,

ihr Frauen seid oft auch zu Tränen gerührt.

Ihr seid als das schwache Geschlecht bekannt,

und neue Männer sucht ihr im Land!

6. Ihr kämpft nicht mit Fäusten, sondern mit Worten,

sammelt Schmuck… in allen erdenklichen Sorten.

Ihr wartet, dass euch der Traumprinz begegnet

und dass es vom Himmel Rosen regnet.

7. Ihr liebt es, wenn man euch etwas schenkt,

und häufig seid ihr sofort gekränkt!

Ihr macht es den Männern wirklich nicht leicht,

seid als Kind schon auf kleine Zicke geeicht!

8. Ihr seid für uns Männer oft unverständlich,

und dennoch lieben wir euch unendlich!

Ihr seid einfach wunderschön anzuschauen,

Ich dichte jetzt nur noch… für euch Frauen!

Für euch Männer

1. Als Herren der Schöpfung seid ihr bekannt,
das Hirn in der Hose, das Bier in der Hand,
die Kippe im Mund, das Gesicht schlecht rasiert,
so ein richtiger Macker, markant, tätowiert.

2. Ihr pflegt euren Wagen und wechselt den Reifen,
kommt 'ne süße Blondine,
dann... wollt ihr sie greifen!
Trotz dicker Hose und dicken Taschen
kriegt ihr sie nie, denn ihr seid nicht gewaschen!

3. Den Slip wechselt ihr noch nicht einmal täglich,
für euch ist das männlich, für die Frau unerträglich!
Bei kleinen Geschäften bleibt ihr gern stehen,
um beim Nebenmann kurz nach der Länge zu sehen.

4. Ihr seid immer fit, mal höchstens 'ne Prellung,
beim Abseits, im Job und im Bett zählt die Stellung.
Eure Sorgen ertränkt ihr im Alkohol,
euren Schlitten präsentiert ihr als Statussymbol.

5. Hat die Frau eine Meinung, so nennt ihr sie Zicke!

Auf junges Gemüse verschwendet ihr Blicke!

Ihr schlagt euch beizeiten den Schädel ein,

um danach bei 'nem Bier wieder Freunde zu sein.

6. Ihr seid gerne stumm, sprecht Emotionen nie an,

sonst fühlt ihr euch nicht mehr als richtiger Mann.

So gebt ihr euch lieber ganz lässig und cool,

denn niemand soll denken, ihr seid vielleicht schwul?

7. Ihr sucht ständig das Eine, da macht ihr auf nett,

wollt 'ne heilige Mutter und 'ne Hure im Bett!

Der billigste Trick macht euch unendlich schwach,

weil ihr fremdgeht, gibt's hinterher Ehekrach.

8. Ihr lest stundenlang Zeitung und sitzt vorm TV,

Essen und Bier bringt die Ehefrau...

Und meistens läuft nix mehr nach einiger Zeit,

dann praktiziert auch ihr Männer gern Handarbeit!

9. Wird *sie* mal romantisch,

kriegt ihr schon das Kotzen!

Beim Fußball pflegt ihr auf den Boden zu rotzen.

Ja, nur auf dem Sportplatz… fühlt ihr euch als Held –

und bückt euch niemals, wenn die Seife fällt!

10. Tja, so traurig das ist, wie müsst ihr euch plagen…

In Wirklichkeit habt ihr rein gar nix zu sagen!

Denn *fühlt* ihr Männer euch noch so munter,

zuhause bringt ihr wieder den Müll hinunter…

Meine liebgewonnene Xanthippe

Besser als der Schnee von Fräulein Smilla
schmeckt nur ein fetter Kuss
von meinem Hausgorilla!
Es ist mein Affenkind,
ganz zart, wenn auch nicht leiblich,
sie heißt Xanthippe,
ist behaart und dennoch ziemlich weiblich.

Ich gab ihr öfter einen Klaps auf den behaarten Po,
denn schließlich ist das Leben ja kein Streichelzoo.
Ich ließ Xanthippe nicht so gern allein zuhaus,
denn in der Zwischenzeit
räumte sie den Kühlschrank aus.

Sie war die große Attraktion für meine Partygäste,
kein Gast verließ die Feier dann mit reiner Weste.
wer mich besuchte, war meist ziemlich irritiert:
denn leider hat Xanthippe
ständig das Revier markiert.

Doch ich sag es euch, ich bin dafür geschaffen,

für so ein Leben ohne Frau,

dafür mit Menschenaffen!

Und wenn ich nachts nicht schlafen kann,

dann schau ich auf ihr Leibchen!

Als wäre ich der Ehemann,

sie das Gorillaweibchen.

Engelchen und Teufelchen auf der Suche

Ich möchte einen, der mich liebt,
der Empathie und Wärme gibt!
Ich möchte einen Prinz mit Pferd,
und was du machst, machst du verkehrt!!!

Oh nein, du wirst mich niemals küssen!
Ich will dich auch nicht treffen müssen!
Auch will ich niemals mit dir sprechen,
und auch mein Herz wirst du nicht brechen!

Ich möchte einen wie Brad Pitt,
so männlich, durchtrainiert und fit..
Ich will mich richtig fallenlassen,
und auch George Clooney würde passen!

Du wirst mich nicht mit Charme verführen
und nicht in meinem Leben rühren!
Ich will nicht, dass du zu viel weißt…
und dass das Ding „Beziehung" heißt!

Den Mann für mich... muss man erst backen!
Humorvoll, klug, ganz ohne Macken...
ein bisschen Kohle wär echt nützlich,
'nen echten Kerl, denn der beschützt mich!

Nein, ich will gar nichts, nicht von dir!
Nicht heut', nicht morgen und nicht hier!
Oh, bitte komm mir nicht zu nah!
Ich komm mit mir grad selbst nicht klar!

Mit dir macht alles einen Sinn,
weil ich für dich die Eine bin...
Ich mag es, wie du mich begehrst
und wie du dich nach mir verzehrst..

Nichts und niemand' lass ich ran!
Kein Freund – kein Lover – und kein Mann!
Auch Blumen möchte ich mitnichten!
Auf Süßholz kannst du echt verzichten!

Romantisch sollst du mir begegnen...
Für mich soll's rote Rosen regnen!

Gefühle sind hier fehl am Platz!

Und nenn mich bloß nicht auch noch „Schatz"!

Und wehe, wenn du mich liebkost!

Sonst reagiere ich erbost!

Ich wünsch' mir Glück und Harmonie

und einen Mann mit Fantasie!

Hinweg mit deinen schönen Worten!

Hinweg mit deinen süßen Torten!

Der Traumprinz soll das Jawort wagen

und mich…. über die Schwelle tragen!

Die Hochzeitsglocken läuten nie!

Hör auf mit deiner Poesie!

Ich möcht' in deinen Armen liegen

und Kinderglück zum Abend wiegen

Nein, nein, das alles will ich nicht!

Da hilft kein Reim und kein Gedicht!

Drum geh ich jetzt ins Kämmerlein,

denn ich genieß mein Single-Sein!!!

Kein Nikolaus

1. Von drauß' vom Walde komm ich her,

mein Herz ist schwer, mein Sack so leer!

Ich hab' genug von Schnee und Eis!

Und jedes Jahr derselbe Scheiß!

2. Sie wollen alle nur das Eine!

Da betteln Große so wie Kleine!

Sie fordern, dass man sie beschenkt!

Doch *jetzt* läuft's anders, als ihr denkt!

3. Die Wunschzettel hab' ich vernichtet,

und auf Verkleidung ganz verzichtet!

Ihr habt mich heut' zu euch bestellt!

Drum hab ich an der Tür geschellt!

4. Die Kinderschar lacht wunderbar,

und auch die Alten steh'n schon da…

Sie lassen eben jeden rein –

das kann auch mal der Nik'laus sein!

5. Doch *der* zieht erstmal eine Schnute
und fuchtelt drohend mit der Rute!
Erinnert euch an eure Sünden –
ich werd' die *Wahrheit* nun verkünden:

6. „Ihr ward ein Jahr lang ungezogen,
habt fremdgeküsst und rumgelogen,
ich sag' euch das ganz frei und offen:
Ihr habt geraucht, gezockt, gesoffen!

7. Ihr habt die Nachbarn nur gestresst
und wünscht euch jetzt ein frohes Fest?!
Stopft' alles rein in eure Münder,
ihr Falschparker, ihr Temposünder?!

8. Sozialschmarotzer, Ignoranten!
Trickbetrüger, Dilettanten!
Nervensägen, Besserwisser!
Korinthenkacker, ach, ihr Schisser!

9. Ihr Faulenzer und Ladendiebe!
Und plötzlich schreit *ihr* dann nach Liebe?!
Ihr wagt es noch, MICH einzuladen?
Um Nettigkeiten zu erwarten?!

10. Es ist für euch bestimmt ein Schock:

Doch heute hab' ich KEINEN Bock!

Ich habe weder Lust noch Zeit…

Und selbst der *Weg* war schon zu weit!

11. Für solche fiesen Kreaturen

soll *ich* nur hetzen, hurten, spuren?!

Nur um euch sinnlos zu erquicken?

Nein, nein, *das* könnt ihr heute knicken!

12. Ihr Nörgler und ihr Wirtshausschläger!

Ihr Nymphomanen, heiße Feger!

ihr frechen Lümmel, falsche Schlangen!

Rein *gar nix* werdet ihr empfangen!

Gleich knallt die *Rute* auf die Wangen!

13. Und glaubt, bei mir geht's Schlag auf Schlag,

wie auch an jedem ander'n Tag!

Geschenke fallen alle aus!

Es gibt ihn nicht, den Nikolaus!"

Abgeblasen

Im Bett war sie 'ne echte Wucht!
Für ihn wurd sie zur größten Sucht!
Da kann's auch gern mal härter sein...
Und darauf lässt er sich jetzt ein!
Sie gibt ihm, was die Lust begehrt,
und saugen... klingt doch nie verkehrt!
Verwöhnt ihn wirklich nicht zu knapp,
bis sie ihm sagt: „Nach fest kommt ab!"
Was übrig blieb, war nichts als Schiss...
Das nennt man wohl... 'ne Frau mit Biss!

Fetisch-Gedichte Nr. 1 - 4

Nr. 1

Er war ein Freund von Wassersport,

was fehlte, war ein nasser Ort!

Drum zog es ihn auf die Toilette!

Da wartete auch schon Annette!

Er hoffte auf den gold'nen Regen!

Doch leider hatt' sie was dagegen!

So wurd' das nix mit nassen Sachen,

Sie hat sich nur bepisst... vor Lachen!!!

Nr. 2

Er konnte nicht gut überwintern

ohne einen dicken Hintern!

Und auch die riesengroßen Brüste

weckten fleischliche Gelüste!

So saß ein nicht ganz leichtes Mädel

auf seinem wohlgeformten Schädel...

Sie stieg nicht auf, bis er bald platzte,

worauf sie ihn genüsslich kratzte!

Er hat geflennt, gejapst, gejault,

da hat sie ihn noch angemault!

Und die Moral von dem Gedicht:

Nicht jede passt auf sein Gesicht!

Nr. 3

War er im Alltag sonst eher bieder,

klammheimlich trug er schickes Mieder!

Denn nur in Strapse und Korsage

kam der alte Herr in Rage…

Das kam ihm gar nicht komisch vor,

bis er… sein Höschen dann verlor.

Gefunden hat's der Gruppenleiter,

der fand es leider gar nicht heiter.

Entsprach der sonst auch voll der Norm,

er stand nun mal auf… Uniform!

Nr. 4

Was er verlangte, war speziell,

das merkte er auch finanziell!

Sein Portemonnaie war schnell geleert,

dabei hat er sie echt verehrt!

Um ranzukommen, musst' er kriechen,

wie geil das war, daran zu riechen!

Und immer wieder schrie sie „Tu's!"

So lebte sie… auf großem Fuß!

Ich bin der Dom!

Ich bin ein echter *Dom*,
bin ein Herr und ein Gebieter!
Alles *kann* er, alles *weiß* er,
alles *hört* er, alles *sieht* er!

Bin ein *Meis*ter, bin ein Top,
bin ein *Mas*ter, der es kann.
Ich bin *streng* und bin gerecht,
und ich bin ein echter Mann!

Ich mag *rich*tig harte Sachen,
und ich *lie*be meine Sub,
ich verleih sie gern an Freunde
und geh in den Swingerclub,

tausch' sie *ge*gen eine Zofe,
und auch *die* geht auf die Knie!
Manchmal *schenk* ich ihr ne Rose,
manchmal *mei*ne Poesie!

Ja, ich *steh* total auf Outdoor,

und ich *treib* es gern im Wald,

mache *auf* dem nächsten Rastplatz

und im Pornokino Halt!

Auch bei *Kik* in der Kabine,

ja, da lässt sie sich gern lecken,

nur nicht *ganz* so gern im Fahrstuhl,

denn da *bleibt* man manchmal stecken.

Täglich *feier* ich Erfolge, hab am *Leben* große Lust!

Ich bin *stolz* und charismatisch,

ich bin mehr als selbstbewusst!

Ich be*glücke* meine Sub,

und auch im Bett läuft's wie geschmiert!

Ich be*stimme* alle Regeln,

und ich werde respektiert!!!

> **ICH bin der Dom! ICH bin der Dom**
>
> **Habt Ihr das noch nicht erkannt?!**
>
> **ICH bin der Dom! ICH bin der Dom**
>
> **Ich bin richtig dominant!**

Es war auf einem *Sklaven*markt,

da hab ich *an*gebandelt.

Bevor sie alles unterschrieb,

da *haben* wir verhandelt.

Ich wollte, dass sie mir gehorcht,

sie klopfte freche Sprüche.

Doch *hab* sie überredet,

seitdem putzt sie meine Küche!

Ja, ich *bin* ein starker Mann,

bin aktiv und bin gesund,

führe *ein* erfülltes Leben,

alles Roger, es läuft rund!

Habe *Bildung*, habe Status,

habe Charme und habe Stil,

meine *Sub* zu unterwerfen,

ist mein höchstes Lebensziel!

Bin ein *großer* Fan von Toys,

denn ich bin total verspielt…

Und das weiß auch meine *Sub*,

die auf den Werkzeugkoffer schielt

Alles *hat* hier seinen Platz, weil ich *das* so gut sortier,

Dildos, *Klemmen*, Vibratoren

und vor allem mein Klistier!

Und ich *liebe* es zu quälen,

denn es geht nicht ohne Härte!

Ob mit *Klemme* oder Feder,

ob mit Wachs und mit der Gerte…

Ja, ich *häng* an dich Gewichte,

und jetzt zieh nicht so ne Fratze!

Denn sonst endet die Geschichte

mit der neunschwänzigen Katze!

ICH bin der Dom! ICH bin der Dom

Habt Ihr das noch nicht erkannt ?!

ICH bin der Dom! ICH bin der Dom

Ich bin richtig dominant!

Meine Sub *benutz* ich......
meine Sub findet mich putzig,
Und mit meiner *Sub*....
spreche ich am liebsten schmutzig:

Knie *nieder*, meine Hure,
meine Bitch, devotes Stück!
Meine *Schlampe*, meine Stute,
ja, ich führe dich zum Glück!

RS*P*, BBW – KV, **O**V, KFI
CS, **T**S und TV – so ne geile Fantasie!
CB**T**, MMW.... PP*F* und DWT ,
GV, 24/7, XXL – och nee och nee!!!

Zieh dir deine *Maske* an,
trag endlich deinen Ring!
Denn ich steh auf Lack und Leder,
und ich schenke dir Bling-Bling!

Gleich ob Latex oder Gummi
oder auch mal gerne nackt!
Meine Sub gefällt mir *immer*,
und ich fordere den Akt!

Und bist *du* jetzt noch nicht willig,
ja, dann brauche ich Gewalt,
und dann hau ich dich so feste,
bis es knallt und bis es schallt!

Ich *prügel* gleich...
dich windelweich,
ich bin ein Flagellant.
Da schlottern deine Knie,
denn ich bin so dominant!

ICH bin der Dom! ICH bin der Dom
Habt Ihr das noch nicht erkannt ?!
ICH bin der Dom! ICH bin der Dom
Ich bin richtig dominant!

Meine *Sub* ist gern kokett,

meine Sub trägt ein Korsett.

Und wir *mögen's* beide nass,

also geh' ich aufs Klosett!

Morgens spende ich NS,

abends *gibt's* bei uns KV,

doch die Sub will lieber Pet-Play,

miau miau!

Meine Sub muss *High Heels* tragen,

sonst geh *ich* ihr an den Kragen

Doch da ist so eine Sache,

ja, das darf sie *nie*mals wagen...

Denn ich *bin* zwar tolerant,

und ich hab auf vieles Bock

Aber *wehe* meine Sub

kriecht zu mir auf *Birken*stock!

Oh, dann *find* ich dich und binde dich

mit Seilen an mein Kreuz!

Ich schinde dich, oh winde dich,

glaub mir: den Meister freut's!

Ich klemme dir die Nippel ab,

ich leg dich an die Kette

und ziehe dir dein *Hals*band stramm,

weil ich das gern so hätte!

ICH bin der Dom! ICH bin der Dom!

Jetzt weiß es auch ganz *Mann*heim,

dass ich tadele und strafe,

ich hab noch *Großes* vor –

bald ist die ganze *Welt* mein Sklave!

Ich hab' heut euer *Hirn* gef*ckt –

und gab euch mächtig Futter!

Jetzt *tschüss* – ich muss nach Hause –

dort wartet… meine Mutter!

ICH bin der Dom! ICH bin der Dom! ………..

Briefmarkensammeln

Ihr denkt, ach schon wieder
so ein Freak aus dem Ghetto?
Macht auf dicke Hose
… und hat dann nix in *Petto*?

Nein, meine Leude,
ich will euch gar nicht quälen,
nur mal paar Minuten
von mei'm Hobby erzählen!

Vor *Mädchen* hatt' ich
immer *Scheu* und Respekt…
So habe ich dann lieber
Briefmarken geleckt!

Briefmarkensammeln
ist meine Passion!
Entspannt und mit Flow,
das ist derbe Emotion!

Ich mach' das ohne Homies,
ohne Käppi und MC!
Ich setze einen Trend
– und der heißt Phi-la-te-lie!

Briefmarkensammeln
ist sexy und geil!
Briefmarkensammeln,
das bringt Fun, das hat Style!

Ich spielte lange *Schach*
und probierte es mit *Skat*,
auch sammelte ich *Münzen*
doch *wurd'* mir das zu fad'!

Auf *das*, was ich presente,
da bist du jetzt gespannt!
Mein Teil ist mehr als dick!
Und ich nehm' es in die Hand!

Jo, voll der geile Scheiß!
Dir platzt vor Neid der Kragen!
Jetzt is' mein Album raus!
Ich steh' total auf Marken!

Und mein bestes *Stück*

woll'n *alle* Ladies sehn!

nur *müssen* sie mit Lupe

und Pinzette ran-gehn!

Ran an die Mauritius!

Sie will es doch auch!

Bis sie klebt an allen Ecken,

von Kopf bis Bauch!

> Briefmarkensammeln
>
> ist sexy und geil!
>
> Briefmarkensammeln,
>
> das bringt Fun, das hat Style!

Ja, *ich* bediene viele

Stile und Geschmäcker.

Ich bin nicht nur ein Poser,

sondern auch *Lecker*!

Komm her, du kleine Marke!

Du endgeiles Stück!

Ich lecke dich mit Zunge,

dann empfindest du Glück!!

Ich mach' dich richtig nass!
Du weißt, so muss das sein…
Und danach steck' ich dich…
in mein Album hinein!

Briefmarkensammeln,
das ist der Bringer!
Ich bin durchtrainiert:
in Zunge und… Finger!

> Briefmarkensammeln
> ist sexy und geil!
> Briefmarkensammeln,
> das bringt Fun, das hat Style!

Ja, Briefmarkensammeln,
das ist, was *La*-dies lieben!
Schon *damals* in der Schule
bin ich *kle-ben* geblieben!

Sie *lassen* mich beim Date
gleich mein Ding auspacken!
Alle *wollen* nur das Eine:
meine Briefmarkenzacken!

Wenn ich die Sammlung zeige,

muss jedes Herz erweichen!

Ich *hab'* da so 'ne Rose

auf dem *Post*-wert-zeichen!

Ihr seht, ich habe Style!

Wer *steht* denn schon auf Rammler!

Jäger sind out!

Ich bin... Sammler!

> Briefmarkensammeln
>
> ist sexy und geil!
>
> Briefmarkensammeln,
>
> das bringt Fun, das hat Style!

Ob Shit oder Schnee,

du bist ständig breit!

Ich trinke nicht mal Kaffee,

nur Milch und Cola – *Light*!

Und nachts... da siehst du mich

an *Postämtern* warten.

Dann zieh ich mir den Scheiß

aus dem *Marken*-Automaten!

Und wenn ich daran finger',
dann ist das Old School!
Fourty-five Cent!!!
Du bist stockschwul!

Und wenn du mich *battelst*
und wenn du mich *disst*,
dann *hau'* ich, bis du platt
wie eine Briefmarke bist!

Das ist *mein* Revier!
Hier sammel ich!
Verpiss' dich, du Opfer,
sonst lec-ke ich dich!

Von *wegen* krasser Gangster!
Jetzt kriegst du Schiss, Alda!
Du *weißt* nicht, wer ich bin...
der Typ hinterm Schalter!

> Briefmarkensammeln
> ist sexy und geil!
> Briefmarkensammeln,
> das bringt Fun, das hat Style!

Verfasse ein Gedicht, das die Begriffe

„Kuh-Wellness" und „Elefantenrüsselfisch" enthält!

Du blöde Kuh

Du blöde *Kuh* –

Wellness brauchst du!

Mach dich erst mal frisch,

bevor ich in dir

wie ein wilder Stier

mit meinem *Elefantenrüssel* –

fisch!

(Gedichtewettbewerb „Poetry Bites", Jun. 2009, 1. Platz)

Aufgabe:

Verfasse ein Gedicht, das die Begriffe

„Teilchenbeschleuniger" und „Tourette" enthält!

Justin, wie heißt das richtig?!

Nutte! Falsch – Prostituierte!

Wixte! Falsch – onanierte!

Spritzte! Falsch – *Teilchen beschleunigt*!

Olle! Falsch – Alte!

F*tze! Falsch – Spalte!

Arschloch! Falsch – Rektum!

Tourette – ein breites Spektrum…

(Gedichtewettbewerb „Poetry Bites", Aug. 2011, 1. Platz)

GESCHICHTEN

UND

BERICHTE

Ein atemloser Deal

Sabrina wusste ganz genau, wie sehr ich es liebe, mich unter ihrem Körper zu befinden und jedes Detail ihres wunderbaren Bodies auf mir zu spüren. Wundervoll deswegen, weil sie einfach die perfekte Figur hat, so reizvoll, so unwiderstehlich, jedenfalls unübertrefflich für meinen Geschmack: stolze 180 Zentimeter groß, ich denke ja eher, es sind ein paar mehr, endlos lange Beine, eine mehr als üppige Oberweite, ein bildhübsches Gesicht – und dazu ist sie nicht gerade ein Püppchen. Besser könnte es nicht sein! Sie ist die attraktivste Frau, die mir jemals begegnet ist, und das sage ich ihr, wann immer sich eine Gelegenheit dazu bietet! Wie liebe ich es, wenn sie mich dann auf Augenhöhe mit ihrer weichen Zunge küsst, mir dabei in die Augen schaut und dazu noch ihre schicken schwarzen Schuhe zum Vorschein kommen, auf denen sie mich dank extra hoher Absätze sogar leicht überragt.

Mich scharfzumachen, mich zu verführen, mich willenlos zu bekommen, bis ich nicht mehr kann, daran hat Sabrina Spaß, und das signalisiert sie mir gerne in ihrer unnachahmlichen und doch so unschuldig wirkenden Art: „Du wirst mir verfallen", hatte sie mir ziemlich schnell angedroht, nachdem wir uns nach acht Jahren der Entbehrung wiedergetroffen hatten. Lange Zeit hatten wir uns aus den Augen verloren, doch hatten wir beide häufig aneinander gedacht, etwa wenn ich an der

Autobahnabfahrt ihres Heimatorts vorbeikam oder sie sich zufällig in meiner Region aufhielt. Als es schließlich zum „Revival" kam – sie hatte mir eine süße Nachricht geschrieben, auf die ich auf der Stelle einging – da war die gegenseitige Anziehungskraft sofort wieder da!

Dieses hübsche, große Mädchen möchte mich also dahin bringen, dass ich ihr verfalle... und ich konnte dieser Vorstellung durchaus einiges abgewinnen. „Wehr dich doch dagegen!", lachte sie und spitzte ihre sinnlichen Lippen zu einem Kussmund, wohlwissend, welche Assoziationen sie damit bei mir auslöste. Sofort stellte sich diese unbändige Kusslust ein, die sie jedoch diesmal nicht erwiderte: „Heute nicht! Keine Zeit! Vielleicht ein andermal!" – ließ sie mich am Ende unseres ersten Dates, auf das ich so lange hatte warten müssen, abblitzen. Knallhart verweigerte sich diese süße Prinzessin. Kichernd lief sie davon, wobei sie es sich nicht verkneifen konnte, demonstrativ ein paar Mal mit ihrem großen Hintern zu wackeln... wow, war das ein Anblick! Ich war geflasht! Zu gerne würde ich bald unter diesem Hintern liegen – und das alles wusste sie! Fürs erste gab es nur noch einen Wunsch: Dieses zuckersüße Biest, das mich so neugierig macht, wollte ich wiedersehen! Und zwar möglichst schnell!

Diesmal dauerte es keine acht Jahre, sondern nur wenige Tage, bis sich mein Wunsch nach einem erneuten romantischen Rendezvous erfüllen sollte: „Möchtest du mich besuchen?", fragte Sabrina in

Whatsapp zunächst ganz harmlos - und versah ihre Nachricht mit einem saftigen, roten Kussmund. Was für eine Frage! Natürlich wollte ich sie besuchen. Da schrieb sie mir ihre Adresse, die noch die gleiche war wie damals. Kurz nachdem ich losfuhr, blitzte es noch einmal in meinem Messenger auf. Und was ich sah, raubte mir den Atem: Ihr bildschönes Gesicht trat hervor, umrahmt von einem bunten Blumenmeer, und ihre Lippen hatte sie extra intensiv geschminkt... Als wäre das noch nicht genug des Guten, fand sich unter ihrem Bild der folgende Kommentar: „Mir kannst du gar nicht widerstehen!"

Wie Recht sie damit hatte! Kaum war ich an ihrem Haus angekommen, da nahm sie mich an ihrer großen Hand und führte mich mit einiger Entschlossenheit direkt in ihr Schlafzimmer... „Hier warst du noch nie", stellte sie zutreffend fest – und warf mich mit voller Kraft auf ihr Bett! Dass sie stark war, das war mir bewusst, aber dass sie mich mit einem Stoß würde umwerfen können, damit hätte ich nicht gerechnet. „Und jetzt zeige ich dir die Waffen einer Frau!", lachte Sabrina, die wild entschlossen schien, mir das Köpfchen zu verdrehen, und streckte mir keck die Zunge raus... in dem Moment bemerkte ich erst die hohen Schuhe, die sie anhatte. Zehn Zentimeter dürften es mindestens gewesen sein, so dass sie locker einen Meter neunzig erreichte... Da stand sie nun vor mir, mit ihrer traumhaften, großen und ein wenig kräftigeren Statur, die ihr so gut steht.... Für mich war es zum Dahinschmelzen.... Erst recht, als sie auf einmal intensiven Blickkontakt herstellte – und ohne Vorwarnung begann, sich vor meinen Augen auszuziehen! Es war so scharf! Lässig warf Sabrina das schwarze Oberteil über ihre Schulter, so dass ihre großen Brüste, die jeder Mann dieser Erde anbeten würde, zum Vorschein kamen, wenn auch noch verpackt... Wenig später entledigte sie sich ihres halblangen roten Rocks, der mich schon damals so megaspitz gemacht hatte, als ich sie zum ersten Mal getroffen hatte.... Wie gebannt lag ich auf dem Bett und sah mich mit Sabrinas zahllosen Reizen konfrontiert... „Na, gefalle ich dir?!", fragte sie angesichts der sich anbahnenden Reizüberflutung, und noch ehe ich ihre Frage, die nur rhetorisch gemeint sein konnte, zu beantworten imstande war, hatte sie ihre Brüste komplett freigelegt... Welch ein göttlicher Anblick! Am liebsten hätte ich sofort an ihnen gesaugt! „Sabberst du schon?", scherzte Sabrina und griff geschwind nach einem Lippenstift, den sie auf dem Sideboard neben dem Bett abgestellt hatte. Sie hatte wohl wirklich an alles gedacht, um mich herumzukriegen... dieser kleine, große Vamp... und ich fühlte mich so wehrlos!

Sodann führte sie den Lippenstift zärtlich in Richtung ihres Mundes, den sie nach und nach in eine knallig rote Kussfläche verwandelte... und ich musste alles mitansehen, wie sie sich aufstylte und damit zu einer unwiderstehlichen Sexbombe verwandelte! Es waren die rotesten Lippen, die ich je zu Gesicht bekommen hatte! Daraufhin band Sabrina ihre wunderschönen langen Haare zu einer Hochsteckfrisur zusammen... Sie wusste, dass ich das mag. „Na du, wie das wohl wäre, mit mir rumknutschen zu dürfen?!", kicherte Sabrina... und zog ihr Höschen rotzfrech herunter! Mir verschlug es die Sprache, wie sie auf einmal völlig nackt in ihrer ganzen Schönheit vor mir stand. Nie zuvor fühlte ich mich so willenlos.... „Du bist das hübscheste Mädchen des Planeten!", entfleuchte es mir, „noch hübscher geht nicht!" Meine Lust auf sie war grenzenlos! Meine Gedanken kreisten nur noch um knutschen, lutschen und flutschen... Da sprach Sabrina zu mir: „Hey! Heute will ich mal lieb sein: Du darfst deine Traumfrau küssen!" Ich konnte mein Glück kaum fassen, doch da setzte sie ihre Rede fort: „Aber nur unter einer Bedingung: Ich werde dich vorher fesseln! Traust du dich?!" Ich war ganz verwirrt, und um ihrem verlockenden Angebot Nachdruck zu verleihen, begann Sabrina nun auch noch damit, ihre knallroten, verführerischen Lippen zu einem Kussmund zu formen – und mit ihren übergroßen Brüsten und ihrem riesigen Hintern zu wackeln, und das alles gleichzeitig! Natürlich wollte ich das! Was für eine Frage.. Ich war völlig von Sinnen... zu heiß war dieser Anblick!

Ehe ich mich versah, waren beide Beine, die sie mir weit auseinanderspreizte, an ihrem Metallbett festgebunden, und die linke Hand fand sich in einer Handfessel wieder. Nur meinen rechten Arm, den ließ sie frei. Noch einmal baute sich Sabrina demonstrativ vor mir auf, so dass sich alle ihre Reize zu einem Meer von Sinnlichkeit vermengten – bis sie sich schließlich auf mich legte und meine Lippen mit den ihrigen zärtlich berührte. Ein unbeschreibliches Gefühl stellte sich ein, als ich ihren kompletten Körper auf meinem zu spüren begann... und die Neugierde darauf, was wohl als nächstes passieren würde, war kaum noch zu stillen. Sie hatte mir einmal gesagt, sie würde mich verliebt machen wollen, und es würde ihr gelingen! Dann wurde es Ernst: Ohne Vorwarnung drang Sabrina mit ihrer hübschen Zunge, die ich schon so oft gesehen, aber schon so lange nicht mehr geküsst hatte, in mich ein... und wirbelte hemmungslos meinen Verstand weg! Mein Herz klopfte wie wild...

Es war der leidenschaftlichste Zungenkuss, den mir überhaupt ein Mädchen verpasst hatte! Und darauf hatte sie es wohl angelegt. „Ich sagte doch: Du wirst mir verfallen!", lachte sie, während sie sich umdrehte, sich erhob und mir ihren nackten Hintern knapp über das Gesicht hielt. „Ich weiß, wie sexy du den findest!", meinte Sabrina und ergänzte: „Meine Pussy hat gerade so eine Lust darauf, befriedigt zu werden! Traust du dir das zu?!" Ich war baff. Welch ein Traum! Nichts wollte ich in diesem heißen Moment lieber tun, als diese Traumfrau mit der Zunge zu ungeahnten Höhen zu bringen. „Ich bin groß, ich bin bildhübsch! Dir ist hoffentlich klar, dass eine solche Frau perfektes Lecken erwartet!" Selbstverständlich war mir das klar, dass sich eine solche Göttin nicht mit halben Sachen zufrieden-geben würde. „Und ich weiß auch schon, wie ich den perfekten Spaß mit dir bekomme! Lässt du dich drauf ein? Riskierst du's?", fragte sie mich fordernd und wackelte noch einmal mit ihrem Hintern lasziv hin und her. Wer kann solchen Argumenten schon widerstehen...

Gerade hatte ich, völlig reizüberflutet und längst zu allem bereit, „ja" gesagt, da ließ sich Sabrina auch schon auf meinem Gesicht nieder. Nicht zärtlich, wie man das nach dem sinnlichen Vorspiel vielleicht hätte erwarten können, nein, mit voller Wucht ließ sie sich im wahrsten Sinne des Wortes fallen. Das hätte ich ihr nicht zugetraut! Sonst immer so brav, aber jetzt nimmt sie sich einfach, was sie will! Zu sehen war nichts mehr, gänzlich umschlossen war ich von ihrem traumhaften Hintern. Erst jetzt wurde mir so richtig bewusst, wie groß er eigentlich war! Aber ob das wohl so eine gute Idee war, sich auf dieses Spiel einzulassen?! Wie weit würde sie es noch treiben? Zu spät! „Leck mich!" rief Sabrina fordernd, und meine Zunge drang in ihr Lustzentrum ein, das sich dermaßen auf mein Gesicht presste, dass jeder Versuch, zu entkommen, aussichtslos erschien. „Tiefer, tiefer!", verlangte Sabrina, und meine Zunge kam ihren Aufforderungen nur zu gerne nach. Sie spürte, wie es immer feuchter wurde... und Sabrina sichtlich Fahrt aufzunehmen schien. Ich fühlte mich eingeschlossen in einem immer nasser werdenden Feuchtgebiet – und hörte, wie das auf mir sitzende großartige Mädchen derweil an einem Getränk schlürfte. Es muss wohl der Sekt gewesen sein, den sie auf ihrem Nachtisch bereitgestellt hatte. Sabrina ließ es sich richtig gutgehen, total bequem hatte sie es sich auf mir gemacht! Auf meinem

Gesicht lasteten schätzungsweise 90 Kilogramm, und ich realisierte, wie die Luft allmählich immer knapper wurde! Atmen war in dieser Position nicht mehr möglich. Sabrina schien das alles jedoch nicht im geringsten zu interessieren, stattdessen rief sie „tiefer! schneller!", während sie genüsslich das nächste Glas Sekt schlürfte.

Inzwischen war jede Luft verbraucht, erste Anzeichen von Panik stellten sich ein, ich versuchte, mit den Beinen zu zappeln, doch keine Chance – zu stark hatte Sabrina sie festgebunden. Da fiel mir der rechte Arm wieder ein, der noch frei war... ich wedelte mit ihm herum, doch Sabrina blieb gnadenlos: „Leck um dein Leben!", forderte sie und machte sich dabei extra schwer – und genoss ein weiteres Gläschen. Dieses Miststück! Panik stieg in mir hoch, ich bekam es buchstäblich mit der Angst zu tun, ich zappelte wie wild mit der Hand und mit den gefesselten Beinen. Noch nie war ich so gefangen. Und noch nie war eine Frau so hübsch, in deren Hände ich mich begeben hatte. „Selbst Schuld!", lachte Sabrina, „du wolltest doch meinen Hintern!", und nachdem die Panik inzwischen extremste Formen annahm, machte mir dieses bezaubernde, mir im wahrsten Sinne des Wortes den Atem raubende Mädchen ein überraschendes Angebot: „Ich stehe auf – aber nur, wenn du mir vorher etwas unterschreibst!" Kaum hatte sie es gesprochen, da flutschte auch schon ein Kugelschreiber in meine freie Hand, und ich spürte, wie Sabrina ein Blatt Papier dahinter platzierte. „Na, möchtest du vielleicht unterschreiben?", kicherte sie. „Unterschreiben oder ersticken – such's dir aus!" Und noch einmal presste sie ihren riesigen Po in mein Gesicht, fester als jemals zuvor! Gnade kannte sie jetzt nicht mehr!

In schwerlich steigerbarer Panik, kurz vor der Bewusstlosigkeit angelangt, unterschrieb ich mit letzter Kraft das von ihr aufgesetzte Schriftstück – bevor sich der prächtige Hintern auf einen Schlag erhob. Während ich noch, völlig außer Atem, aber auch endlos erregt, vor ihr lag, verlas Sabrina in Anbetracht ihres süßen Sieges den folgenden Text, mit einem breiten Grinsen im Gesicht: „Hiermit verpflichte ich mich, meiner Traumfrau Sabrina ein schickes Paar Schuhe im Wert von mindestens 500 Euro zu schenken!" Lächelnd ergänzte sie: „Ich habe Schuhgröße 45." Dieses Biest! Wie raffiniert hat sie das nur angestellt... Aber jetzt war es zu spät. Schon bald würde Sabrina im Besitz eines Paares superheißer Schuhe sein, mit denen sie vor mir in ihrer vollen Größe und Pracht herumstolzieren könnte. Und natürlich würde es für mich das größte Vergnügen bedeuten, einer solch hübschen großen Lady die gewünschten Schuhe zu kaufen.

Doch bevor ich dazu kam, mich weiter in meinen Gedanken zu verlieren, beugte sich Sabrina ein letztes Mal zu mir herab, packte mich gefühlvoll am Nacken, ehe sie mir sanft ins Ohr hauchte: „Und nächstes Mal wirst du mich heiraten! Ich habe Ringgröße 58..."

Dachreparaturen, Parkplatznot und keine Klamotten an

Wer sich auf eine schwarze Party der bizarreren Art begibt, der erwartet so manches: Lack und Leder, Peitschen und Gerten, Herrinnen und Sklaven, ein stimmungsvolles Ambiente und dergleichen mehr. Etwas anders gestaltete sich die Szenerie im November 2015 im Bergischen Land. Da wurde in einem kleinen Club zu einer „CFNM-Party" geladen, einem Event, bei dem es ausschließlich den Damen gestattet ist, Kleidung zu tragen. Die Herren der Schöpfung hatten im Adamskostüm zu erscheinen. Mal ist das hübsch anzuschauen, mal mag man sich mit Grausen abwenden.

So saßen die Männer, wie Gott sie erschaffen hat, aufgereiht in Reih und vor allem Glied auf einer Holzbank und harrten der Dinge. Man tauschte sich über reizvolle Themen aus ... die da wären: die Situation auf den Finanzmärkten, praktische Hinweise zur Einkommensteuererklärung oder die Vor- und Nachteile der Selbständigkeit. Bei Matthias, 37, etwa liefen die Geschäfte nach eigenen Angaben recht gut.

Dann plötzlich erschallte es aus dem hintersten Winkel des Raumes: „Und diese Flüchtlinge! Merkel ist doch eine Vasallin der USA!", raunte ein wohlgenährter Transgender mittleren Alters in Richtung einer benachbarten Domina, die gerade nach dem Zustand ihrer hohen Stiefel sah. „Und die Merkel ist Schuld! Die ist gekauft!", fügte der Erboste hinzu. Daraus ergab sich eine hitzige Debatte über geopolitische Probleme und nicht enden wollende Flüchtlingsströme, inmitten von Peitschen, lasziven Outfits, Kaminfeuer und leckeren Köstlichkeiten, die zur Hand gereicht wurden. Ohne Hose, aber durchaus mit Hirn diskutierten die anwesenden Gentlemen die aktuellsten politischen Themen. Welch ein Niveau!

In den „Spielzimmern" herrschte unterdessen gähnende Leere, es wurde weder gespankt noch gepeitscht und auch nicht geliebt. Ganz anders jedoch in der Küche – Action pur! Dort hatten sich ca. fünfzehn Personen zu einem warmen Buffet versammelt. Es gab Rinderroulade, Kartoffeln, Salate und allerlei Süßes. Passte zum Bergischen Land irgendwie ganz gut. Am vorderen Tisch hatten sich zwei ältere Herrschaften und eine 21-jährige Lady niedergelassen, die von sich behauptete, eine Domina zu sein. Dies erschien jedoch eher zweifelhaft – oder es muss sich um ein ausgesprochen unerfahrenes Exemplar gehandelt haben.

Als einer der Herren von seiner Vorliebe für Füße berichtete, wandte sich die angebliche Herrin nur noch angewidert ab: „Iiiih… auf so etwas stehst du? Da wirst du es aber gaaanz schwer haben, eine Partnerin zu finden", rümpfte sie mit todernster Miene ihr hübsches Näschen. Man klärte die Lady darüber auf, dass es doch noch ganz andere Dinge gebe und fragte sie, ob das gerade Gehörte nicht eher noch vergleichsweise harmlos gewesen sei. Spätestens, als die Sprache dann auf Windeln kam, ekelte sich die junge Dame buchstäblich zu Tode... „dass es so etwas gibt"... ja, das konnte sie gar nicht verstehen. Das ist ja wirklich pervers! Und das auf einer BDSM-Party! Auch fand diese schwarzhaarige Jungdomina Fesseln wirklich hart. Und Schlagen noch viel mehr.

Aufgelockert wurde diese gesellige Runde durch das intensive Mithören der Gespräche am Nachbartisch. Und diese Unterredungen strotzten nur so vor knisternder Erotik. „Also die Parkplatzsituation in Düsseldorf ist wirklich eine Katastrophe", beklagte ein etwa 60-jähriger Rentner seine Probleme, in die Lücke zu kommen. Richtig drin war der wohl schon länger nicht mehr. Und auch in Wuppertal sei der Verkehr ein echtes Problem. Sogleich kamen die Herren der Schöpfung auf recht praktische Angelegenheiten zu sprechen. „Bei mir muss das Dach unbedingt repariert werden", erklärte ein glatzköpfiger Mittfuffziger, woraufhin weitere Gesprächsteilnehmer sofort die passenden handwerklichen Ratschläge parat hatten. Da tauschten der Klempner, der Rohrverleger und der Zimmermann die neuesten Erkenntnisse aus! Am Ende wussten wenigstens alle, wie der Dachschaden zu beheben war.

Auf diese Weise konnte man als wissbegieriger Gast so manches über Werkzeuge erfahren, jedoch nicht über solche, an die man bei einer bizarren Party am ehesten gedacht hätte! Nach insgesamt drei Stunden voller neuer Impressionen und anregender Gespräche verabschiedete ich mich als neugieriger Beobachter – nicht unvergnügt – mit folgendem Schlusswort: „Das waren doch heute genau die Themen, für die wir alle hier her gefahren sind: Angela Merkel, die Flüchtlinge, die Parkplatznot und vor allem die Reparaturen am Haus!" Nun ja, ich hoffe, dass wir nächstes Mal dann endlich über die Simpsons und die Fußball-Bundesliga diskutieren können! Natürlich ... nur ... nackt!

Der Nikolaus kommt

Tiefer, tiefer... hingen die Wolken am Himmelszelt. Es war ein eiskalter Dezembertag, als sich ein Mann mittleren Alters und von kräftiger Statur auf den Weg machte.

Streng und *gnadenlos peitschte* der Regen auf den gefrorenen Grund....

Richtig *glitschig* fühlte es sich an, wie der *behaarte* Mann so über den Weg *rutschte*..

„*Besorg's mir! Besorg's" mir!*" lautete sein Auftrag – rot und weiß... der *Dresscode!* Alle wollten sie nur das *Eine,* und schon bald würden sie es in ihren zitternden Händen halten!

Mehr als *prall* war längst der *Sack,* mit dem der fleißige Wanderer auf Einlass wartete.

„*Hinein, hinein!*", rief eine weibliche Stimme in sichtlicher Vorfreude und spürbarer *Erregung...*

Kaum war der fremde Mann *eingedrungen* ins traute und warme Heim, da *packte er alles aus,* was er zu bieten hatte! Mit seiner *langen Rute* wedelte er hin und her...

"*Gib mir mehr!*", erschallten die Rufe – was der gestrenge Herr auf der Stelle in die Tat umsetzte.

Gänzlich *zugeschnürt* lag das Ding sodann vor seinen Füßen, als wollte es sagen: *„Nimm mich!"*

„Du willst es doch auch!", erklärte der Bärtige, woraufhin die Hausdame erwiderte: *„Gib's mir! Gib's mir!"*

Fester … war diesmal alles eingepackt. Da *ran zu kommen*, war mehr als *hart*. *„Stoßen!"*, rief sie, „stoßen!", und er wechselte mehrmals die *Position*. Inzwischen war endlich alles *offen* und die Überraschung vollends gelungen. Es war ein absoluter *Höhepunkt*! Und *sie* fühlte sich *beglückt* … wie nie zuvor.

Der großzügige Gast hatte seine *Mission* abgeschlossen. Er war *fertig* – und die *Lust* aufs nahende Fest damit mehr als *befriedigt*. Doch es war immer noch so *nass*, da draußen – so dass er noch eine Weile blieb.

Und so freuen wir uns schon jetzt aufs nächste Jahr, wenn er ganz gewiss wieder… *kommt*.

Der Überraschungsgast

Schon seit Jahren zählte Katharina zu seinen engsten Vertrauten. Zugleich war sie jene Frau, die ihn am meisten beeindruckte und für die er mehr als nur Bewunderung empfand. Mit diesem in jeder Hinsicht außergewöhnlichen Geschöpf hatte der 30-jährige M. bereits die eine oder andere Überraschung erlebt, und der Spaß war dabei nie zu kurz gekommen, weder für sie noch für ihn. Doch was sich an jenem dreizehnten September abspielen sollte, stellte alles bisher Dagewesene in den Schatten. Katharina, die sich selbst als „Lady" verstand, der es mit einem Höchstmaß an Respekt zu begegnen galt, hatte zum großen „Mädelsabend" in ihrer eigenen Gartenlaube eingeladen. Ihren Freundinnen hatte sie einen „Special Guest" angekündigt, mit dem sie alle „eine Menge Fun" haben würden. Dieser Überraschungsgast sollte kein geringerer sein als ihr Bekannter M., was sie jedoch im Vorfeld auf geschickte Weise geheimzuhalten wusste. Als 1,85 Meter großer, sportlicher Typ erschien M. für ihr Vorhaben geradezu prädestiniert, zumal er sich schon in der Vergangenheit als experimentierfreudig und folgsam erwiesen hatte.

Angelockt hatte ihn die 25-jährige Blondine mit der Verheißung, einmal „Hahn im Korb" sein zu dürfen. Extra für ihn habe sie sich schon den einen oder anderen „Bonus" ausgedacht. Er werde mal „hautnah spüren, was eine Clique Frauen so drauf hat". „Davon träumt doch jeder Kerl!" - „Und vielleicht darfst du dann sogar mal an meiner hübschen Zunge lutschen", hatte ihm die raffinierte Krankenschwester in Aussicht gestellt, „das wolltest du doch schon immer, seit du mich kennst!". Und sie war sich ihrer Sache absolut sicher: „Diese Gelegenheit wirst du dir doch wohl kaum entgehen lassen!". In der Tat: M. brauchte nicht lange zu überlegen. Solchen Argumenten war selbstverständlich nicht zu widerstehen, die Versuchung erschien einfach viel zu verlockend. So reiste er an jenem milden Septembertag erwartungsfroh und spannungsgeladen stolze 450 Kilometer hin zu seinem Bestimmungsort.

Als M. am Bahnhof abgeholt wurde, bot sich ihm ein vielversprechendes Bild: Katharina hatte sich mächtig in Schale geworfen. In hohen Lederstiefeln und perfekt geschminkt empfing sie ihren Partygast. „Hi! Eines garantiere ich dir schon jetzt: heute wird's lustig!", hauchte die 1,80 Meter groß gewachsene Schönheit ihm süffisant ins Ohr und spitzte ihre Lippen zu einem süßen Kussmund. „Nur dass eins klar ist", erklärte ihm die Frau seiner Träume, „von jetzt an gelten hier meine, besser gesagt unsere Spielregeln: die Regeln der Ladies!" M. wagte es nicht, Fragen zu stellen, im Gegenteil: Einmal in den Händen gleich mehrerer Frauen zu sein, das war genau das, was er sich schon immer erhofft und bisher nie erfahren hatte.

„Jetzt werde ich dir die Augen verbinden, damit es für dich noch viel spannender wird!", grinste Katharina und bedeckte seine Augen mit einem hochwertigen Schal aus dem Mode-Label ihrer besten Freundin Mara. Die Autofahrt in Richtung der Gartenlaube dauerte eine lange dreiviertel Stunde, wobei sich die Lady einen Spaß daraus machte, ihren Gast nach Strich und Faden zu ärgern. „Na, wann hattest du denn das letzte Mal was mit einer Frau?" wollte sie wissen. „Komm, mir kannst du es doch erzählen, mir kannst du doch vertrauen." Katharina machte ihm klar, er könne stolz darauf sein, dass derart hübsche Frauen – wie sie und ihre Freundinnen es zweifellos seien – heute extra einen Teil ihrer kostbaren Zeit für ihn opfern würden. Er solle es nur nicht wagen, sie zu enttäuschen…

An der Gartenlaube angekommen, eröffnete sie ihm: „Du liebst doch Überraschungen. Damit es davon nicht zu wenige gibt, wirst du jetzt erst mal an einen Baum gebunden!" Gesagt, getan. Mit Schweine-stricken vom Bauernhof einer Freundin befestigte Katharina den hilflosen, aber überaus willigen M. an einem 50 Zentimeter dicken Baumstamm. So befand er sich nun bei milden Temperaturen an einem ihm gänzlich unbekannten Ort. Wehrlos. Was für ein Gefühl! M. fragte sich, wer ihn hier eventuell beobachten könnte und hoffte, dass es sich doch eher um einen abgeschiedenen Platz handeln würde. Dass er sich tatsächlich auf einer leichten Anhöhe in einer mehr oder weniger menschenverlassenen Gegend wiederfand, in der ihn niemand entdecken, ihm jedoch auch niemand zu Hilfe eilen könnte, das war für ihn allenfalls zu erahnen. Katharina lächelte: „Nun hast du keine Chance mehr!" Sie zog die Stricke nochmal besonders fest zu, so dass er sich – festgebunden am Baum – regelrecht eingeschnürt fühlte und ihm beinahe mulmig wurde. Was würde seine Bekannte mit ihm machen? Was hat sie vor?

Doch blieb ihm nicht viel Zeit zum Nachdenken, denn das Spiel sollte nun beginnen. „Mädels!!", rief sie, „ich glaube, es gibt was zu sehen!". Kaum waren Katharinas Worte verhallt, kamen auch schon ihre Freundinnen aus der Gartenlaube herbeigestürmt... vier an der Zahl, alle im besten Alter, teilweise wirkten sie wie wahre Göttinnen. Beim Anblick des Gefesselten brachen zwei der Frauen sofort in Gelächter aus. „Wie geil ist das denn!", lachte Mara, die 22-jährige, modebewusste Brünette mit den 90-60-90- Traummaßen. „Dürfen wir uns da bedienen?" Die Freundinnen klatschten sich mit ihren gepflegten Händen ab und schlürften an ihren Cocktails. Einige von ihnen waren schon sichtlich angeheitert. Sie kamen aus dem Tuscheln und Lachen kaum heraus. „Spielen wir heute ,Cowboy und Indianer' oder wie?", prustete Jessica drauf los, die Dreißigjährige mit den frechen roten Haaren. „Hey, wir könnten doch mal den Song auflegen, das wär lustig"... Die Clique lachte. „Ich glaube, noch viel witziger wäre es, wenn der Typ nackt ist!", schlug Chantal vor, die erst wenige Tage zuvor ihren 18. Geburtstag gefeiert hatte. Als Stimmungskanone war sie allseits beliebt, weswegen sie auf keiner Party fehlte.

Der Vorschlag, ihn auszuziehen, kam bei den Freundinnen ausgesprochen gut an. Die ersten begannen, lustige Lieder anzustimmen. Sie fanden die Situation einfach höchst amüsant. Dermaßen in der Überzahl zu sein gegenüber einem einzigen Typen, der ihren Launen chancenlos ausgeliefert sein würde, das machte den Frauen schon jetzt mächtig Spaß! Da packte Katharina in entschlossener Manier eine scharfe Schere und trat vor den festgebundenen M., der noch immer nichts sehen, dafür jeden Spruch aus den Reihen der Frauenclique hören konnte. „Was der wohl zu bieten hat?!" fragte Mara in die Runde.. „Ausziehen, ausziehen!", riefen die Freundinnen im Chor, „wir wollen was sehen!!!". Schon schritten sie zur Tat. Mit der eisernen Schere schnitten sie zunächst sein schwarzes T-Shirt auseinander. „Na, wie fühlst du dich jetzt?", lachte Chantal, „von fünf Frauen ausgezogen zu werden, das ist schon scheiße, oder?". Alle brachen in schadenfrohes Gelächter aus. Dann setzten die Freundinnen ihre Arbeit fort. Gnadenlos zerschnitten sie ein Kleidungsstück nach dem anderen, immer weiter. Es flogen die Fetzen, im wahrsten Sinne des Wortes. Jedes Teil fiel unter allgemeinem Gejohle zu Boden. M. war hin- und hergerissen zwischen unbestimmter Vorfreude und dem Gefühl zunehmender Beklemmung. Auch wenn er einiges gewohnt war, das hier war für ihn neu.

Allmählich wurde es ihm peinlich, von einer wildfremden Frauenclique auf diese Art und Weise entblößt und erniedrigt zu werden. Doch er hatte keine Chance. Das Spiel ging ungebremst weiter. Nicht lange dauerte es, da haftete an seinem Körper nur noch ein Slip. „Jetzt wird's ernst!", rief Yasmin, mit 33 die Älteste in der Runde und mit ihren 185 Zentimetern Gardemaß zugleich die Größte. „Ob der was in der Hose hat?". Chantal kam eine Idee: „Mädels, wenn das jetzt keine 20 Zentimeter sind, dann bestrafen wir ihn!!!" „Aber so richtig!", unterstrich Mara und war sich mit ihren Freundinnen schnell einig.

Katharina griff sich die Frisörschere, die ansonsten Chantal bei ihrer Arbeit im Salon verwendete. Die Frauen starteten den Countdown: „Zehn!", „Neun!", „Acht!", „Sieben!", „Sechs!", „Fünf!", „Vier!", „Drei!", „Zwei!", „Eins!", und nach einer absichtlich langgezogenen Pause rief Mara schließlich „Null!". Mit einem Satz flog der Slip in mehreren Stoff-Fetzen auf die vom letzten Regen aufgeweichte Erde – und die Frauen überschlugen sich sofort mit ihren Kommentaren: „Das sollen 20 Zentimeter sein?!", „Wie lächerlich!", „Der ist viel zu kurz!", „Glaubt der, damit könnte er eine Frau befriedigen?!", „Mit so einem Ding traut er sich, hier anzutanzen?!". M. lief rot an, war dem Geläster hilflos ausgesetzt und traute sich nicht, den Mund aufzumachen. „Das gibt Rache!", entschieden die Mädels. Katharina fragte die Clique: „Wie wollen wir ihn bestrafen? Habt ihr Ideen?".. Davon hatten sie in der Tat genügend, da ließen sie sich nicht zweimal bitten: „abschneiden!", „reintreten!", „anspucken!", „Kerzenwachs!" waren nur einige davon. „Ich denke, wir sollten das jetzt ganz langsam und spannend angehen", schlug Yasmin vor, „der soll richtig leiden!". Die Mädels johlten. „Und wir wollen was zum Lachen!", fügte Katharina hinzu. „Ist doch schließlich ein Mädelsabend!" In diesem Moment packte sie den Gefesselten hart an und riss ihm die Augenbinde vom Gesicht.

„Herzlich willkommen in den Händen meiner besten Freundinnen!", begrüßte ihn Katharina mit einem gekonnten, unwiderstehlichen Augenaufschlag, woraufhin alle laut drauf los lachten. M. blickte in die Gesichter von fünf atemberaubend schönen Ladies verschiedensten Typs, die sich vor ihm aufbauten und die vor Selbstbewusstsein nur so strotzten.. Hier war er also gelandet, einsam und verlassen, einer Horde Frauen ausgesetzt, die offensichtlich zu allem entschlossen waren... „Mal sehen, ob wir sein Ding noch größer sehen oder ob es beim Micro-Penis bleibt", lachte Mara und streckte ihre gepiercte Zunge heraus.... Katharina hatte ihr einst davon erzählt, dass M. sehr auf Zungenpiercings abfährt. Das nutzte die 22-Jährige jetzt schamlos aus. Mit ihrer Zunge fuhr sie sich über ihre vollen Lippen, immer wieder, und auf einmal tat es Katharina ihr nach. So kreisten zwei Zungen lustvoll ganz in seiner Nähe und kamen ihm immer näher...

„Seht ihr, wie der sich regt!", rief währenddessen Chantal und zeigte mit nacktem Finger auf M.'s wachsendes Gemächt. Mara und Katharina kamen mit ihren hübschen Zungen, die ihn in Gedanken zum Lutschen und Saugen nur so einluden, derweil immer näher an sein Gesicht heran, um ihn maximal zu provozieren. Doch war ihnen das noch längst nicht genug... „Wollen wir ihm mal zeigen, wie zärtlich wir miteinander umgehen?" – „Klar! Das kriegen Typen doch niemals hin! Wahre Liebe gibt's sowieso nur unter Frauen!", erklärte Mara. Da setzte sie auch schon zu einem heißen Zungenkuss mit ihrer Freundin an. Unmittelbar vor M.'s Augen spielte sich nun eine äußerst intensive Kussszene ab, besser als in jedem Hollywood-Streifen. „Mädels, bitte, küsst mich auch!", flehte er, „bitte!", „ich will auch!" – doch er erntete nur Hohn und Spott.

„Noch so'n Spruch, und dein Ding ist ab!" rief eine aus der Runde und zückte eine Heckenschere, die sie in der Laube gefunden hatte. Er bekam mächtig Panik, mit diesen Frauen war wohl wirklich nicht zu spaßen. Zudem lief längst eine Videokamera, so dass die ganze Aktion für die Nachwelt erhalten bleiben würde. Die Freundinnen wollten schließlich auch hinterher noch etwas zur Belustigung. Für das technische Equipment hatte an diesem Abend Yasmin gesorgt, die sich dank langjähriger Tätigkeit beim Fernsehen bestens mit Film und Foto auskannte.

Nach drei Minuten, die ihm endlos vorkamen, beendeten Mara und Katharina ihren innigen Kuss. M. befand sich in sichtlicher, kaum zu steigernder Erregung. Die beiden Frauen hatten ihr Ziel erreicht. Doch dann passierte es: „Was fällt dir eigentlich ein, dich so an uns aufzugeilen?", empörten sich die beiden jetzt künstlich. „Männer sind alle gleich!" - „Mädels, das geht gar nicht! Den machen wir fertig!!" Die Clique musste sich nicht lange beratschlagen, wie er zu bestrafen ist, da hielt auch schon Jessica eine rote Kerze in der Hand und entzündete sie genüsslich mit einem charmanten Grinsen bis über beide Ohren. „Du liebst es doch heiß!", lachte Chantal, „haben wir ja gerade gesehen!". Mit einem Schwupps tropfte auch schon die erste Ladung Kerzenwachs auf M.'s Intimbereich. „Nein!!!", rief er, „bitte hört auf!" Doch keine Chance, Katharina nahm den nächsten Anlauf. Sie war voll in ihrem Element und traf direkt seine Männlichkeit.

„Neiiin, Stop", waren seine bemitleidenswerten Reaktionen. „Uuuhhh!" - „Mädels, geht euch das Geschrei nicht auch langsam auf den Wecker?", warf Mara in die Runde. - „Allerdings, das lassen wir uns nicht länger bieten!", entschied die Clique - und schon steckte ein Knebel im Mund des Partygasts. „Sei froh, dass das kein Tampon ist!", lachte Jessica. „Jetzt musst du die Klappe halten - und wir haben alle Freiheiten dieser Erde!", fuhr ihn Mara an und zeigte ihm noch einmal ihre gepiercte Zunge. „Damit habe ich gerade meine Freundin geküsst. Erinnerst du dich? Und glaube mir, wir machen miteinander noch ganz andere Sachen!" Allein diese Worte erregten ihn so sehr, dass es wiederum deutlich sichtbare Folgen in seiner unteren Körperregion hatte. Darauf platzte es aus Chantal nur so heraus: „Ich glaube, der Typ ist ziemlich notgeil!".

„Ach kommt schon, wollen wir mal gnädig sein?", rief aus dem Hintergrund Jessica und näherte sich zielstrebig seinem vor Lust pulsierenden Geschlechtsteil.... Zu seinem großen Erstaunen kam es sogleich zu einem ersten zärtlichen Kontakt mit Jessicas Zunge... Was für ein prickelndes Gefühl! Und die Juristin mit dem Prädikatsexamen begann sogar an ihm zu saugen! M. konnte sein Glück kaum fassen. „Weiter, weiter!", feuerten die Frauen ihre Freundin an, sie machten sich einen Spaß daraus, ihr Opfer gnadenlos aufzugeilen. Jessica verwöhnte den Gemarterten schließlich immer intensiver mit ihrem süßen Mund.... Nach einer Minute – M. war längst rattenscharf - hörte die Dreißigjährige abrupt auf. „Bäh! Pech gehabt!", ließ sie ihn eiskalt fallen, „Du glaubst doch wohl nicht im Ernst, dass ich es dir besorge! Dafür bin ich viel zu hübsch und du nicht!"

Die Freundinnen mussten herzhaft lachen - und hatten schon eine neue List ersonnen: Noch extremeres Heißmachen war nun angesagt. Sie wollten austesten, wie weit Frau es treiben kann und wie ein Mann damit wohl klarkommen würde. Katharina baute sich als erste vor dem angebundenen M. auf. Langsam zog sie ihr Top vor ihm aus, sie räkelte sich lasziv, bis sie schließlich oben ohne vor ihm stand. M. war sichtlich angetan und voller Aufregung angesichts eines solchen Naturbusens, welch ein Anblick! Da zog die Lady auch schon ihren Rock herunter. Zum Vorschein kamen die endlos langen Beine des 180 cm großen Luxusgeschöpfs, die nun gänzlich freilagen und M.'s Kopfkino zu Hochtouren auflaufen ließen. Nur noch ein Tanga bedeckte Katharinas wohlproportionierten Körper... Der Gefesselte war inzwischen außer sich vor Geilheit. Doch der Knebel in seinem Mund machte jede Willensäußerung unmöglich.... „Mädels, ich glaube, der wird gerade so richtig spitz!", lachte Katharina und zog ihre Freundin Chantal an sich heran... die zierliche Achtzehnjährige fackelte nicht lange, und schon hatte sie sich bis auf ihren Slip ausgezogen.... M. konnte es nicht fassen, so viel Schönheit direkt vor ihm, zum Greifen nah, aber für ihn absolut unzugänglich... Chantal und Katharina genossen es, solch eine Wirkung zu erzielen...

„Na, sollen wir ihm noch mehr zeigen?!", fragten die beiden in die Runde. „Klar! Wenn der schon nix zu bieten hat, soll er mal sehen, was WIR zu bieten haben!" Da zogen die beiden Frauen kurz nacheinander Slip und Tanga herunter.... Komplett nackt in ihrer atemberaubenden Schönheit standen sie nun direkt vor dem gefesselten und geknebelten M. Körper an Körper. Er zitterte vor Wollust. Doch die Freundinnen wollten noch einen draufsetzen: „Na, möchtest du mit uns schlafen?", fragte Katharina, „Vielleicht mit mehreren nacheinander?"

Sie wartete auf eine Reaktion und machte weiter: „Stell dir mal vor, wie sich das anfühlen würde, wenn wir jetzt abwechselnd auf dich draufsteigen würden… sag schon, hast du Lust auf heißen Sex mit uns hübschen Frauen?" M., außer sich vor Erregung, kämpfte mit dem Knebel in seinem Mund und war der Verzweiflung nahe. „Du musst schon ‚Ja' sagen!", machte sich Katharina einen Spaß aus der Situation… Chantal grinste in seine Richtung: „Also ich würde dich jetzt auf der Stelle vernaschen, wenn du einverstanden bist… willst du?" Die junge, komplett nackte Brünette mit den blonden Strähnchen stellte sich breitbeinig vor ihn und spreizte dabei ihre trainierten Schenkel so weit auseinander, wie es nur ging.. „Willst du?" M. versuchte verzweifelt, in irgend einer Form seinen Willen kundzutun, natürlich wollte er mit den Frauen intim werden, sofort, am liebsten mit allen, er war vor Geilheit nicht mehr zu bremsen… aber was immer er auch versuchte, der Knebel saß zu fest.. „Tja, da wirst du wohl heute leider leer ausgehen", lästerte Katharina, „wenn du nicht willst, dann halt nicht"… „Du hattest deine Chance!" Die Freundinnen begannen extrem zu lachen, und als sie seine Verzweiflung sahen – riefen sie spöttisch: „Ooooh, eine Runde Mitleid!"…

Da überkam Katharina ein Geistesblitz: „Mara, wenn der schon keine Lust hat, hast vielleicht *du* Lust?"… Mara kicherte und gab ihrer Freundin einen zärtlichen Kuss auf die Stirn… Nur wenig später waren die beiden schon im Begriff, sich ausgiebig zu streicheln und sich gegenseitig schönste Gefühle zu bereiten. M. war außer sich vor Erregung, aber weiterhin komplett hilflos. Er war zum Zuschauer degradiert – bei all den Dingen, die er am liebsten selbst erleben und spüren würde: heißer Kontakt mit bildhübschen weiblichen Körpern und intensiver Austausch von Zärtlichkeiten.... Als schließlich Katharinas Zunge an Maras Liebespforte anklopfte, erreichte M.'s Erregung den absoluten Höhepunkt... er konnte nicht mehr, war fix und fertig und begann vor lauter Lust zu röcheln. Da hauchte ihm urplötzlich Jessica ins Ohr: „Tja, so glitschig hättest du es wohl auch gern..." Was für eine gemeine Frage! Natürlich war er jetzt nur noch besessen von Sex!! An nichts anderes war mehr zu denken! Doch die Vorfreude auf mögliche Abenteuer mit der schönen und klugen Jessica währte nicht lange, denn da beendeten Katharina und Mara ihr kurzes, inszeniertes Liebesspiel und bauten sich vor dem Gefesselten auf. „Was fällt dir eigentlich ein, dass du dich an uns aufgeilst?! Geht's noch? Haben wir dir das erlaubt?" - „Du bist so billig!" M. begann zu zittern, jetzt überkam ihn die pure Angst, denn ihm schwante nichts Gutes...

Die Freundinnen wussten, was zu tun war.. Das hatten sie längst zusammen ausgeheckt. So zogen alle fünf nacheinander ihre Schuhe aus, so dass sie mit nackten Füßen auf der feuchten Erde standen. „Du wirst uns jetzt lecken!", lachte Yasmin. „Aber nur an unseren Füßen!", fügte sie hinzu, sehr zur allgemeinen Erheiterung der Runde. Die 33jährige große Blondine mit der üppigen Oberweite riss dem gepeinigten Partygast den Knebel aus dem Mund und steckte stattdessen ihren Fuß so weit hinein wie nur irgendwie möglich... „Los, schneller!", riefen die übrigen Frauen im Chor.... „Leck richtig!" M. hatte noch nie zuvor im Leben einen Zeh im Mund, aber ihm blieb nichts anderes übrig als die Befehle der Frauen widerspruchslos auszuführen.... Und irgendwie genoss er die Situation, solch einer eingeschworenen weiblichen Gemeinschaft vollkommen ausgeliefert zu sein. Als nächstes war Chantal an der Reihe: „Leck, du Luder!", rief sie unter dem Gelächter ihrer Freundinnen und zwang ihn, ihre Füße mit seiner Zunge sauber zu lutschen... „aber gründlich, sonst setzt es Schläge!" „Oder ich setz mich mal mit vollem Gewicht auf dein Gesicht", johlte Yasmin, die mit ihren 110 Kilogramm einen überaus prallen Hintern zu bieten hatte, den sie demonstrativ hervorstreckte. Die Freundinnen grölten. Es folgten Mara, Jessica und als letzte Katharina: „Nun lutschst du an den Füßen der Lady – das hast du eigentlich gar nicht verdient!", „Los!"... gesagt, getan, M. bearbeitete Katharinas zauberhaften, von rot lackierten Nägeln gesäumten Größe-39-Fuß nach allen Regeln der Kunst. „Geht doch!", sprach sie und stellte sich fordernd vor ihn. Natürlich war sie inzwischen längst wieder komplett bekleidet.

Die Schönheit mit der Top-Figur, um die sich sämtliche Männer in der gesamten Region nur so rissen, hauchte ihm ins Ohr: „Ich hatte dir doch was versprochen, weißt du noch?!"... Katharina umklammerte mit ihren Armen seinen Kopf, presste ihre rot geschminkten, weichen Lippen an seine und setzte zu einem hingebungsvollen, zärtlichen Kuss an. M. konnte sein Glück kaum fassen, endlich durfte er seine Angebetete küssen, wie sehr hatte er sich diesen Augenblick gewünscht... Katharina berührte mit ihrer Zungenspitze die seinige und versetzte ihn allein damit in schiere Rage. Die Freundinnen schauten sich das Spektakel vergnügt an und riefen „Küss ihn, küss ihn!" Keine zehn Sekunden waren vergangen, da war es auch schon wieder vorbei. Zu mehr als einem kurzen Zungenkontakt war es noch gar nicht gekommen. Abrupt wich Katharina zurück: „Du glaubst doch nicht, dass du an mir rumlecken darfst! Das muss reichen!" In dem Moment konnte sich Chantal nicht mehr halten: „Komm, sag schon, jetzt würdest du gern mit ihr poppen, gib's schon zu!" M. nickte verlegen, woraufhin die Freundinnen gleichermaßen wissend wie hämisch lachten. Ihre neugierigen Blicke galten unterdessen seinem Gemächt, das infolge der ausgetauschten Zärtlichkeiten sichtlich angewachsen war.. „Mädels, ich glaube, der braucht dringend Abkühlung!", rief Jessica. „Aber hallo!", stimmte Mara mit ein... Alle waren sich einig.

„Wir haben uns etwas sehr Schönes für dich ausgedacht", betonten die Freundinnen, „zuerst müssen aber noch mal deine Augen verbunden werden!" So streifte ihm Katharina zum zweiten Mal einen Schal über, diesmal mit viel Gefühl und versüßt mit einem kleinen Kuss auf seine linke Wange.....

„Möchtest du es lieber heiß oder kalt?", fragte sie ihren Gast mit fordernder Stimme. „Heiß!", war die eindeutige Antwort. Chantal, die in das bevorstehende Spiel eingeweiht war, rauchte genüsslich ihre Zigarette zu Ende. Die Freundinnen grinsten, sie wussten allesamt genau, was nun folgen sollte. Die Achtzehnjährige mit den langen, im Wind flatternden Haaren näherte sich dem Intimbereich des Wehrlosen. „Soll ich?", fragte Chantal frech ihre Freundinnen. „Soll ich wirklich?!" - „Klar!"… Da war es passiert. Man hörte nur noch den Schmerzensschrei, als sie schließlich mit einer glühend heißen Kippe sein „bestes Stück" berührte…. „Sei doch froh, dass sie die nicht ausgedrückt hat!", lachte Mara, „verdient hättest du's allemal!" - „Obwohl… warum eigentlich nicht?! Mit Kathy haben wir ja eine Krankenschwester vor Ort!" Die Frauen scherzten und machten sich über ihn lustig.. „Eine Runde Mitleid", lästerte ausgerechnet Yasmin, die es ihm aufgrund ihres üppigen Körperbaus und ihrer überragenden Größe besonders angetan hatte. Ihren Reizen und ihrer subtilen Überlegenheit konnte M. einfach nicht widerstehen. Die ganze Zeit schon hatte er versucht, auf irgend eine Weise mit ihr zu flirten. Doch jedes Mal hatte sie ihn abblitzen lassen.

Da geschah etwas vollkommen Unerwartetes: Das gerade arg geschundene Stück Männlichkeit glitt auf einmal in großen, weichen Händen! Und es waren nicht irgend welche Hände, sondern die von Yasmin! Welch ein Traum für den zuvor bis auf die Knochen blamierten M. Zwischen ihren langen Fingern erlebte er wie auf Knopfdruck ein ausgiebiges Bad der Wollust, ihre samtige Haut fühlte sich äußerst angenehm und warm an. Zunächst rieb sie mit viel Gefühl und schließlich mit immer mehr Kraft. „Seht ihr, wie er sich regt!", lachte die 33jährige und schoss mit ihrem Handy ein Beweisfoto. „Mädels, ich denke, der muss uns ordentlich Kohle zahlen, damit die Bilder nicht zufällig im Internet landen!" Darauf sprangen die Freundinnen sofort an: „Ich bin gerade pleite", rief Chantal! – „Ich auch!" – „Und ich auch!" – „Und ich sowieso!" Die Frauen kamen aus dem Lachen nicht mehr heraus, während er mit verbundenen Augen und in Yasmins beringten Fingern vor Geilheit zu platzen drohte…

Wieder flüsterten die Ladys miteinander. Denn jetzt galt es, das große Finale abzusprechen. „Jetzt wirst du den krönenden Abschluss des heutigen Abends erleben, etwas, was du bisher bestimmt noch nicht hattest!", kündigte Katharina an…. M. glaubte an eine weitere Steigerung, hoffte auf noch tiefergehende Intimitäten und die ultimative sexuelle Erfüllung, nun würde es doch hoffentlich und endlich zum Äußersten kommen. Vielleicht sogar mit Yasmin oder Katharina höchstpersönlich! Doch die Clique hatte für ihn einen gänzlich anderen Plan. Während Yasmin nach wie vor schönste Gefühle bei M. erzeugte und er sich vor völliger Überhitzung kaum noch einkriegen konnte, hielt Katharina auf einmal eine Spraydose in der Hand und stieß Yasmin zur Seite…

„Mädels, der Countdown läuft!", rief Katharina. „Zehn!", „Neun!", Acht!", „Sieben!", „Sechs!", „Fünf!", „Vier!", „Drei!", „Zwei!", „Eins!", „Los!" – auf Kommando sprayte die Lady eine riesige Ladung Sprühfarbe aufs beste Stück ihres wehrlosen, am Baum befestigten Partygasts, der nichts sah, aber umso mehr spürte! Starr vor Schreck konnte er die eiskalte Farbe an seiner empfindlichsten Stelle kaum ertragen. Es zwickte und brannte überall... Die Freundinnen lachten sich desinteressiert schlapp und schossen pausenlos Fotos. „Was war das?!", wollte er wissen. „Was habt ihr mit mir gemacht?!" Doch die Frauen kannten kein Erbarmen, hatten nur noch ihren Spaß im Kopf, lachten weiter und bombardierten ihn abwechselnd mit Farbe und frechen Kommentaren. Mit verbundenen Augen ließen sie ihn am Baum angebunden, ohne auch nur einen Gedanken an Gnade zu verschwenden.

„Wer uns nicht befriedigen kann, der ist für uns einfach nur lächerlich!", stellte Jessica klar. Und Chantal setzte noch einen drauf: „Du hast heute eindrucksvoll bewiesen, dass du kein echter Kerl bist!" „Sondern ein Mädchen!", rief Yasmin.... „Und genau deswegen ist dein mickriges Ding jetzt pink!", belehrte ihn Katharina mit einem müden Lächeln und warf die Sprühdose ins Gebüsch. Die fünf Freundinnen brachen in schallendes Gelächter aus, tranken einen letzten Cocktail, klatschten sich nach getaner Arbeit ab und rannten triumphierend davon...

Detlef und Olaf – ein Briefroman

Lieber Detlef,

heute habe ich mir ein Sparschwein gekauft. Da werfe ich immer ein Euro-Stück rein, wenn ich gerade an dich denke. Süß, oder? Wenn das Sparschwein voll ist, will ich es dir schenken. Dann kannst du dir davon neue Nylons kaufen. Cool, oder? Dann ham wir beide was davon.

Liebe Grüße, Olaf

Liebster Olaf,

rate mal, was ich gerade gemacht habe! Ich habe Bernie und Ert geschaut. Der hat ihn heute ganz schön hart rangenommen. Müssen wir auch mal wieder machen, grins. Aber Spaß beiseite: Ich widme mich wieder meinen Forschungen bezüglich Che Guevara. Ich habe vor, im Oktober zwei Wochen nach Bolivien zu fliegen und nach seinen Gebeinen zu graben. Diesem wichtigen Staatsmann möchte ich all meine Kraft widmen, außerdem hatte er eine männliche Ausstrahlung.

Grüße, Detlef

Lieber Detlef,

jeder Tag ohne dich ist ein verlorener Tag. Weißt du, was ICH gerade mache? Ich zähle gerade meine Strumpfhosen. Und weißt du was? Sie sind noch alle da! Hatte schon Angst, dass meine Schwester Jessy mir eine klauen würde. Aber nein, sie hat mir sogar eine von sich geschenkt. Cool, oder? Übrigens ist es ziemlich windig geworden und kalt. Und keiner da, der mich wärmt. Ich glaube, dieser Winter wird ganz besonders streng. A propos streng: Bin am Mittwoch auf eine tolerante Party eingeladen. Ich muss noch ein bisschen einkaufen gehen, der Dresscode lautet „unten ohne". Ich widme mich übrigens auch meinem neuen Hobby: der Seidenstickerei. Muss jetzt weitermachen, sonst verhaut mich wieder meine Schwester, weil ich nicht mit ihr spiele. Und ich hab sie doch so lieb.

Liebste Grüße, Oläffchen

Hallo lieber Olaf,

gerade hat es an der Tür geklingelt! Weißt du, wer da war! Pit. Er musste mein Rohr reparieren, es war schon seit Wochen undicht. Jetzt tropft es zum Glück nicht mehr, es ist wieder voll einsatzfähig. Habe ihm hinterher noch meine Briefmarkensammlung gezeigt. Auch die blaue Mauritius. Er hat nicht gemerkt, dass es nicht die echte ist. Aber er interessiert sich auch nicht für Briefmarken.

Grüße Detlef

Liebster Detlef!

Meine Schwester hat mich übrigens nicht verhauen, sie war nämlich gar nicht zuhause. Ich habe heute beschlossen, dass ich etwas gegen meinen Haarausfall tun muss. Man muß schließlich auf seinen Body achten und vor allem auf die Haare. Nützt ja nix, wenn sie nur da sind, wo sie nicht sein sollen, grins. Doro, meine Bekannte, hat meine Haare gut im Griff. Sie wird die Behandlung ab sofort durchführen. Habe mir auch gerade die Fingernägel lackiert. Das ist so ein süßes Pink, das musst du mal sehen. Nächstes Mal ziehe ich mir auch wieder die Nylons für dich an, ich tue das nur für dich. Habe übrigens einen Anruf aus Rom bekommen. Der Papst will mir jetzt den Teufel austreiben. Habe aber gesagt, ich wäre nicht da.

Grüße, Olaf

Liebstes süßes Oläffchen,

da hast du aber Glück gehabt, dass der Papst auf deine Finte hereingefallen ist! Du bist und bleibst ein Schlitzohr. Ich habe meine Haare noch ganz gut im Griff. Ich habe eben ein Puzzle zusammengesetzt. Es bestand aus 10.000 Teilen. Willst du wissen, was auf diesem Puzzle abgebildet war? Willst du es wirklich wissen? Ich sage es lieber nicht. Oder doch? Also ein ganz großer, langer, dicker... Naja, du weißt schon. Hat ziemlich gedauert, bis ich die Teile zusammen hatte. Ich wusste nie, wo oben und wo unten ist. Peinlich. Greetz – Detlef

Lieber Detlef,

dein Puzzle ist ja lustig. Das musst du mir unbedingt mal zeigen. Vielleicht zeigst du mir das Puzzle und ich dir meine Fingernägel. Ich habe übrigens schon wieder einen Anruf aus dem Vatikan bekommen: Die Schweizergarde sucht einen Ersatzmann, und da ich so gut trainiert bin und so markant wirke, hat man ein Auge auf mich geworfen. Mehr habe ich nicht verstanden, denn er sprach mit mir Latein.

Grüße, Olaf

Lieber Olaf!

Lass dich bloß nicht drauf ein! Das ist ein mieser Trick! Die wollen dich nur ködern, um dir dann den Teufel auszutreiben!

Geh lieber auf die tolerante Party. Hast du eigentlich schon ausreichend Utensilien gekauft? Spielst du wieder den Hofnarren?

Grüße, Detlef

Liebster Süßester, mein Schatz, also: Detlef!

Danke für deinen guten Ratschlag. Du bist wirklich mein bester Freund. Wie konnte ich nur auf diesen bösen Trick aus dem Vatikan hereinfallen. Zum Glück habe ich ja dich. Ja, morgen ist die Party. Nein, dieses Mal spiele ich nicht die Rolle des Hofnarren. Ich spiele dieses Mal eine viel wichtigere Rolle: den Papst! So schlage ich gleich zwei Fliegen mit einer Klappe: Ich übe Macht aus, und ich zahle es dem Vatikan heim. Wehe, wenn die mich noch mal anrufen. Dann lade ich die gleich mit ein auf die Party. Sollen sie sich doch zum Teufel scheren!

Heißer Gruß, Olaf

Lieber Olaf,

oh, das ist aber genial. Dann wünsche ich dir alles Gute und viel Spaß auf der Party. Wie war es denn? Ich habe heute übrigens auch einen Anruf bekommen, mit dem ich nicht gerechnet habe: Das Finanzamt. Sie wollen von mir eine Steuernachzahlung, weil ich beim letzten Volkswandertag auf dem Feldweg Kondome verkauft habe. Ich habe sie aber nicht versteuert. So ein Mist. Jetzt haben die mich. Olaf, ich hab's doch schon immer gesagt: Ohne macht mehr Spaß!

Grüße, Detleffchen

Liebster Detlef,

da gebe ich dir allerdings Recht. Du willst bestimmt wissen, wie die Party war. Ich muss dich enttäuschen. Die Party fand gar nicht statt. Das, was mir Kalle im Chat erzählt hatte, war alles gelogen. Die Adresse hat gar nicht gestimmt. Ich glaube fast, er hat mich nur verarscht. Bin aber noch zum Hauptbahnhof in Frankfurt gefahren und habe mich dort etwas getröstet. Du weißt doch: Gelegenheit macht Liebe, grins. Aber ich wäre lieber Papst gewesen!

Grüße, Olaf

Lieber Olaf,

du als Papst, das wäre doch was. Olaf I. hört sich nicht schlecht an. Dann könntest du endlich für eine moderne Weltsicht im Vatikan sorgen. Und du hättest immer viele Kardinale um dich herum. Schon eine geile Vorstellung. Oder auch nicht. Alle viel zu alt! Das Finanzamt macht übrigens ziemlich Druck wegen der nicht versteuerten Kondome. Die drohen mir mit Gregor. Der wäre fürs Inkasso zuständig. Die meinten, wenn ich nicht zahle, kommt der vorbei und f*ckt mich. Naja, ich habe nichts dazu gesagt. Habe mir meinen Teil gedacht. Ganz schöne Arschlöcher. Ich werde nie wieder Kondome verkaufen. Nicht mal beim nächsten Weltjugendtag!

Grüße, Detlef.

Liebster Detlef,

mit der Seidenstickerei komme ich übrigens ganz gut voran. Bei mir haben heute die Mormonen an der Tür geklingelt. Als sie mich gesehen haben, sind sie weggerannt. Ich hatte gerade meine Windeln an und dazu mein Hundehalsband. Das hat ihnen wohl nicht gefallen. Mir ist heute ein tragischer Unfall beim Sport passiert. Ich hatte beim Fußball einen Zweikampf mit einem Gegenspieler. Er sah wirklich gut aus und war gut gebaut. Als ich ihm das sagte, trat er mir unten rein. Ganz schön intolerante Zeitgenossen gibt es. Er hat übrigens Rot gesehen. Habe dann mit seinem Kollegen aus der Abwehr Vorlieb genommen. War auch nicht schlecht. Aber am besten ist es immer noch mit dir. In der Dusche ist ein Stück Seife runtergefallen. Ich habe es dieses Mal liegen lassen, ich war nämlich zu k.o. nach dem anstrengenden Spiel.

Grüße, Olaf.

Liebster Olaf,

bei dir passiert ja echt eine Menge. Wieviel Geld ist denn inzwischen in deinem Sparschwein drin? Ich will ja nicht unverschämt klingen, aber ich brauche wirklich Geld für neue Nylons. Mein Chef hat mir eine Sammlung Taschentücher geschenkt. Er hat mir die Hanky-Codes erklärt. Das habe ich aber alles schon gewusst. Ich fand es nur schade, dass die Tücher schon benutzt waren. Aber darauf steht er, hat er gesagt. Tja, jeder tickt halt anders.

Ich habe heute auf der Straße ein bisschen den Verkehr beobachtet. Habe Nummernschilder aufgeschrieben, hatte keine bessere Idee, was ich mit dem Tag anfangen sollte. Habe auch die erste Seite vom neuen Telefonbuch auswendig gelernt. Dann kam wieder Pit vorbei. Er fragte, ob er die blaue Mauritius denn noch mal sehen könnte. Ich habe ihm die Tür vor der Nase zugeschlagen und ihn nicht reingelassen.

So long, Detlef

Hallo Detlef,

ich lasse auch nicht jeden rein, grins. Mir ist gerade eine Strumpfhose geplatzt, weiß auch nicht, wie das kommt. Das Sparschwein ist übrigens noch leer, sorry. Heute bekam ich einen Anruf vom Weißen Haus. Man hätte mich als Schläfer enttarnt und wäre mir auf der Spur. Das hat sich ziemlich bedrohlich angehört. Außerdem hätten sie den Verdacht, ich wäre schwul! Also echt. Aber ich glaube, das war nur Spaß. Der wollte mich bestimmt nur anmachen, passiert mir öfter. Aber ich muss aufpassen, wenn ich nächstes Mal in die USA fliege. Nicht dass die mich festhalten. Übrigens habe ich heute ein bisschen mit Knet gespielt. Ich habe damit Figuren geformt. Eine davon sieht so aus wie du. Süß, oder? Wie sieht es denn bei dir mit dem Finanzamt aus? Ich habe übrigens einen Nebenjob angenommen: Ich putze im Altenheim. Nackt.

Liebe Grüße, dein Oläffchen

Lieber Schnuckiputzi, mein Oläffchen!

Lass dich bloß nicht vom Weißen Haus einschüchtern. Denk immer dran: Die haben von Tuten und Blasen keine Ahnung! Wie ist es denn so im Altenheim? Du, ich muss dir was erzählen. Ich habe im Moment so meine sentimentale Phase. Ich bin heute ziemlich in mich gegangen und habe über mein Leben nachgedacht. Ich habe mich mit meinen Gefühlen auseinandergesetzt. Dabei habe ich oft an dich gedacht. Ich habe beschlossen, an mir zu arbeiten und mich voll und ganz auf dich einzulassen. Ich habe heute auch wieder meditiert. Danach bin ich noch zum Eine-Welt-Laden gegangen und habe mir ein Buch über die Not in Afrika gekauft. Habe dann noch einem Obdachlosen zehn Cent in den Hut geworfen. Fühle mich jetzt besser.

Liebe Grüße, Detlef

Lieber Detlef!

Ich komme gerade aus dem Krankenhaus! Willst du wissen, was passiert ist? Heute war ein Vertreter von Vorwerk bei mir. Er wollte mir Staubsauger verkaufen. Wir haben dann zusammen auch alle Geräte durchprobiert... Das war echt geil. Aber leider hat das nicht ganz so geklappt wie ich wollte. Du weißt, der Kobold... Ganz schön peinlich, als ich das im Krankenhaus erzählt habe. Habe denen gesagt, das Rohr wäre da drauf gefallen, als ich mich umgezogen habe. Naja, ich muss jetzt erst mal enthaltsam leben. Der Typ von Vorwerk war übrigens echt knuffig. Aber nach dem Unfall ist tote Hose angesagt. Schade eigentlich. Muss jetzt noch meine beste Freundin anrufen. Will mit ihr ein Treffen ausmachen, sie will sich um meine Problemzonen kümmern. Als Gegenleistung werde ich sie frisieren. Ich habe heute hundert Gramm abgenommen. Habe beschlossen, Vegetarier zu werden.

Dein Oläffchen

Lieber Schnuckiputzi!

Ich hoffe, dir geht es schon wieder etwas besser. Mit Staubsaugern habe ich auch schon so meine Erfahrungen gemacht, grins. Hättest du doch lieber den Vertreter genommen, dann wäre dir das nicht passiert. In meiner Männergruppe haben wir heute das Thema Erektionsstörungen behandelt. Das war alles recht anschaulich. Ich habe heute mit meinem Therapeuten Klaus über meine Gefühlswelt gesprochen. Ich wollte mich ihm richtig öffnen. Er meinte aber, die Hose bleibt an.

Liebe Grüße, Detlef

Lieber Detlef,

das ist ja ein Zufall... weißt du, was ich gerade gemacht habe? Ich komme direkt von Klaus. Hat echt Spaß gemacht. Wusste gar nicht, dass er auch auf Windeln steht. Heute im Altenheim kam es zum Eklat. Als ich gerade nackt die Küche putzte, wollte mir Hildegard an die Wäsche! Also wirklich! Sie konnte sich kaum beherrschen. Ich habe sie gerade noch mal abschütteln können. Ich werde ihr aber trotzdem zum 90. Geburtstag ein schönes Geschenk bereiten. Habe einen Fotokalender mit Fotos von mir gemacht. Also mit erotischen, grins. Den stelle ich ihr ins Zimmer. Meine beste Freundin hat mir richtig gute Tipps gegeben, wie ich meine Problemzonen behandeln kann. Wir waren dann noch zusammen shoppen. Habe echt ein entzückendes Paar Schuhe gefunden. Muss ich dir mal zeigen. Damit trete ich dir nächstes Mal in den Arsch, grins.

Liebe Grüße, Oläffchen

Lieber Olaf,

mein Plan, nach Bolivien zu fliegen, nimmt jetzt Formen an. Ich habe im Reisebüro einen Flug gebucht und werde nächste Woche in La Paz sein. Ich werde die Gebeine von Che Guevara finden. Ich habe übrigens mit einem Kumpel gewettet: Wenn ich die Gebeine finde, geht er mit mir ein Jahr lang jeden Mittwoch in die Sauna. Wenn ich die Gebeine nicht finde, dann darf er mir das Popöchen verhauen. Echt knuffig, oder? Ich habe mir heute im Fachhandel einen Spaten gekauft, damit ich die Gebeine wirklich ausgrabe. Ich habe auch gehört, dass man in Bolivien Spanisch spricht. Deswegen habe ich mir ein Wörterbuch gekauft. Die erste Seite habe ich gleich auswendig gelernt. Dann habe ich mich aber gewundert, warum die Buchstaben so komisch aussehen. Habe hinterher festgestellt, dass es ein japanisches Wörterbuch war. Also habe ich es umgetauscht. Jetzt ist es auf jeden Fall Spanisch. Ich habe heute ein bisschen gechattet und habe schon ein Date in Bolivien klar gemacht. Er heißt Carlos. Er sieht ein bisschen so aus wie du, aber braungebrannt. Er meinte zu mir, er braucht die Kohle.

Grüße, Detleffchen

Lieber Detlef,

hoffentlich findest du die Beine. Bei uns im Altenheim ist wirklich ständig was los. Heute ist Gottfried eingezogen. Er ist mit seinen 74 Jahren noch ein echter Grünschnabel. Ich habe ihn erst mal ein bisschen hier eingeführt. Ich habe heute mit den Bewohnern Kreuzworträtsel gelöst. Die haben fast alles rausbekommen. Das einzige, was sie nicht lösen konnten, war die Aufgabe: Anderes Wort für „vom anderen Ufer" mit sechs Buchstaben. Ich habe aber nix verraten. Das Putzen macht übrigens viel Spaß. Mir gefällt es nur nicht, dass Hildegard mich immer dabei beobachtet. Sie lässt einfach nicht locker. Als ich heute nach Hause gekommen bin, war ein Brief im Briefkasten. Ein Versandhaus will mich als Model für Unterhosen engagieren. Bin mir noch nicht sicher, ob ich das machen soll. Weiß nicht, ob das seriös genug ist. Ich muss schließlich auf meinen Ruf achten! Ich schaue jetzt noch ein bisschen fern, sehe mir noch etwas Eiskunstlauf an. Dein Oläffchen

Lieber Schnuckiputzi, mein Oläffchen!!!

Das Finanzamt! Schon wieder! Die lassen echt nicht locker. Die haben mir heute den Betrag genannt. Ich muss 600 Euro Steuern nachzahlen für die Kondome. Das ist echt happig... Ich lasse mich aber nicht unterkriegen. Also habe ich mir was Geniales überlegt: Ich werde den Betrag nicht überweisen, sondern ich werde im Wert von 600 Euro Kondome ans Finanzamt schicken. Viel Spaß, sage ich da nur. Dann haben die Beamten mal was zu tun!

Liebste Grüße, dein nur an dich denkendes Detleffchen

Er sucht Metzgerin

Wenn ich eine Frau kennenlernen will, gehe ich natürlich ins Internet. Das Wichtigste vor dem Betreten eines Chatraums ist die Wahl eines aussagekräftigen Spitznamens. So ein Nickname sollte schon originell sein und möglichst nah an der Realität. Also logge ich mich ein mit dem schönen Pseudonym „Er16schwanger". Wie sich das für einen ordentlichen Chatter gehört, ziehe ich mir erst mal die Hosen aus und sitze nackt vor dem PC. Ich betrete sodann den gleichnamigen Chatroom „Nackt am PC". Ich hoffe, hier nun endlich mein Glück zu finden. Erst mal wundere ich mich, dass niemand mich anschreibt. So tippe ich vorsichtig ins Hauptfenster: „Hallo. Wer chattet hier?". Schweigen. Dann lese ich „lol". Lautes Lachen. Die Frage „Wer chattet hier?" sei in einem *Chat* angeblich überflüssig. Aha. Da ich schon den ganzen Tag Frust schiebe, kann ich mich leider nicht mehr beherrschen. Hier kennt mich ja niemand – also baue ich meine Aggressionen ab, indem ich schreibe: „Arschlöcher!". Ich werde aus dem Raum gekickt. Ich bin tödlich beleidigt.

Aber ich logge mich neu ein, dieses Mal als Frau, das hat mir Jasmina18Tabulos so empfohlen. Ich nenne mich „AnkeVonDerTanke". Sofort öffnet sich ein Dialogfenster. „Stehst du auf pralle Zapfsäulen?" Herbert45Solo will unbedingt mit mir telefonieren. Komisch, zu dieser Uhrzeit? Da fordert auch schon

„Stecher22x3,5" ein Rollenspiel ein. Leider stehe ich nicht auf Fantasy. Er lässt aber nicht locker, denn er findet mich „coll", er fragt nach meiner Handynummer, weil er Angst hat, Zitat „das ich ihn verasche" Stecher22x3,5 will gleich ein Date klarmachen. Er bietet 50 Euro. Nachdem ich eine Minute lang schweige, erhöht er auf 70. Sowas nennt man übrigens TG: Taschengeld, nicht etwa Tiefgarage, wie ich bisher glaubte. Ich denke mir schnell eine Handynummer aus und werde auch schon angetextet von „Er20steht": „Was machst du gerade? Was hast du an?". Wahrheitsgemäß antworte ich: „Ich mache gerade Kaffee, und an habe ich meine Kaffeemaschine". Er ist enttäuscht und klärt mich über seinen Wunsch nach Abenteuern auf. Das lehne ich mit dem Hinweis ab, dass ich nicht Indiana Jones bin. Er ist sauer, denn er wollte mich „fiken" und ich sollte ihm „einen blassen". Dann werde ich gefragt, ob ich wüsste, was es heißt zu dienen. Ich entgegne diesem Menschen namens „KölnerDom41", dass ich leider Pazifist bin und frage ihn, ob er religiös ist: „KölnerDom"?? Doch er gibt sich als *dominant* zu erkennen. Brav antworte ich ihm „Jawoll, mein Herrchen". Also echt nur Deppen hier! Irgendwie scheine ich nicht die richtigen Leute anzuziehen. Woran das wohl liegt? Ich mache doch gar nichts falsch.

Dann ein Hoffnungsschimmer: „Na, woher und wie alt biste?" Klingt endlich mal nach einem vernünftigen Einstieg ins Gespräch. Die Fragen von „ErSuchtMetzgerin" sind irgendwie ungewöhnlich:

„Bist du auf dem Land aufgewachsen?", „Hast du Mut?". Dann aber plötzlich: „Schlachtest du gerne Tiere?". Ich entgegne: „Nur sehr ungern. Ich kann kein Blut sehen". Er wird konkreter: „Ich schaue gerne Frauen zu, die schlachten". Wie bitte? Er erklärt, dass ihn diese Vorstellung erregt. Oh nein. Schon wieder so ein abartiger Spinner, denke ich und ignoriere ihn. Der nächste bitte! Innerhalb von nur fünf Minuten lerne ich, dass CS für Cybersex steht, dass TV aber nicht Fernsehen bedeutet, sondern Transvestit, ein DWT ist ein Damenwäscheträger und ein RSP ist ein Rollenspiel! Ok, dass muss man wohl wissen. Aber wo bin ich denn hier eigentlich gelandet? Ich suche doch die große Liebe, aber nicht sowas!

Was nun? Ich wähle die Nummer meines Therapeuten und führe mit ihm ein siebenstündiges Telefonat. Am Ende steht mein Plan, dass ich zurückschlagen werde. Ich werde sie alle verarschen! Alle! Ohne Ausnahme!

Es ist inzwischen 4:37 Uhr nachts. Ich ziehe mir einen ordentlichen Flachmann rein. Euch Chatter kann man auch nur besoffen ertragen! Ich wähle mich noch mal neu ein. Meine ersten Gehversuche in einem *ost*deutschen Chat scheitern leider grandios, dabei hatte ich meine Nicknames doch extra an die Region angepasst: „Er30sächselt", „QuasiDieStasi". Doch als langjähriger Poetry Slammer, Dichterfürst und Rampensau versuche ich es mit dem schöngeistig anmutenden Pseudonym „PoesieOhneEnde" und verirre mich in den Raum „30+". Nach einem längeren Dialog mit „DevoteSenfgurke27" über das Thema Fesselspiele treffe ich auf Nicki74. Sie erklärt mir, dass sie mir ihre „Handynumer" nicht geben will, da sie Zitat „schlechte Erfarrungen gesamelt" hat. Sie sagt „soory." Da ich aber langsam mal zur Sache kommen muss, widme ich ihr folgenden kunstvollen Vers, in Großbuchstaben: „Ich chatte hier mit Nicki, ich suche einen Quickie, wir gehn aufs Klo von Dixie. Was mach ich wohl? Ich f…. sie". So, das wars. Gekickt. Ich kann auch diesen Raum nicht mehr betreten. So ein Mist! Die sind hier wohl ganz schön spießig. Irgendwie ist das anders als beim Poetry Slam! Zu guter Letzt versuche ich es noch mit dem Channel „Christsein heute". Als ich dort erkläre, dass ich unten ohne chatte, fallen die anderen vom Glauben ab. Ich werde verbannt.

Tja, nun bin ich also aus sämtlichen Chaträumen rausgeflogen, obwohl ich doch eigentlich so ein lieber, harmloser, normaler Mensch bin. Wie ungerecht ist diese Welt. Aber eine letzte Aktion unternehme ich noch. Ich lege mir mein eigenes Profil zu. Ich will meiner Community, also meinen Freunden, beweisen, dass ich gar nicht so bin wie alle denken. Ich registriere mich daher mit dem Namen „SchönerSchein30", stelle ein Bild ins Netz, das nicht von mir ist – natürlich nur aus reiner Vorsicht – und schreibe folgenden Text in mein Profil:

Nein, ich suche keinen CS.

Nein, ich suche keinen TS.

Nein, ich will kein Nacktbild.

Und nein, ich will dir auch kein Nacktbild
schicken.

Nein, ich stehe nicht auf Windeln.

Und nein, ich schlachte keine Tiere.

Nein, ich will nicht zuschauen,

wie du dir einen runterholst.

Nein, ich will nicht dienen.

Dir schon mal gar nicht.

Nein, ich mag kein Rollenspiel.

Und ich will auch kein Taschengeld

und auch keine Tiefgarage.

Nein, ich will auch nicht angepisst werden

und will dich auch nicht anpissen.

Ich denke, damit sind alle eure Fragen
beantwortet.

Sollten wider Erwarten Fragen offen
geblieben sein, so dürft ihr mich gerne
anschreiben.

So, das war eine Ansage. Ich fühle mich jetzt richtig stark und bin zum ersten Mal im Leben wirklich glücklich. Das werde ich morgen meinem Therapeuten erzählen. Der chattet übrigens auch und nennt sich „Psycho53Geil". Damit mir das Chatten in Zukunft mehr Glück bringt als bisher, habe ich auch schon einen Entschluss gefasst: Nächstes Mal bleibt die Hose an. Ich hoffe, das hilft. Und jetzt muss ich aber los. Muss Hackfleisch kaufen. Bei meiner Metzgerin.

Eine Runde rammeln

Eine romantische Liebesgeschichte aus dem Wilden Westen – mit konsequent gerolltem „R" macht es doppelt Spaß!

Roger und Rita lebten auf einer Ranch in Colorado. Sie waren Rentner, aber richtig rüstig. Roger liebte das Reiten und präferierte fremde frische Frauen. Die Triebe machten ihn treulos. An einem regnerischen Freitag startete das Drama, auf einem rückständigen, runtergekommenen Rastplatz. Roger traf Rosy – das war die mit der roten Perücke und den griffigen, großen, braungebrannten Brüsten. Sie spreizte ihre Beine und geizte kaum mit ihren Reizen. Rosy machte Roger mit ihrer Raffinesse rattenscharf und regelrecht verrückt. Roger wollte eine Runde rammeln. Doch Rosy hatte ihren Preis, da rollte der Rubel. Sie präsentierte ihren roten Rock und ihre rosa Rüschen. Roger prahlte mit seinem prächtigen, prallen Prügel. Er holte ihn raus. Roger war drauf und dran, Rosy zu penetrieren. Richtig robust. Aber Rosy trachtete nach Romantik. So wies Rosy ihren Freier frech zurück und griff zu einem Trick: Sie reichte Roger einen Drink. Doch Rosy hatte in Rogers Brause Rum reingespritzt, und Roger trank drei Gläser. So war er restlos betrunken und fiel ins Reich der Träume. Ausgerechnet jetzt kreuzte seine betrogene Angetraute sein Revier! Oh no! Rita rannte resolut zu Roger, mit riesengroßen Schritten. Das roch nach Rache. Sie fand Roger im Rapsfeld. Am Rand. In flagranti. Ohne Hose – nur der Prügel ragte heraus. Rosy mit den braungebrannten Brüsten wollte wegrennen, doch Rita stellte die Rivalin zur Rede. Das führte einstweilen zu reihenweisen Reibereien, doch die beiden erreichten Einigkeit. Roger sollte sein rücksichtsloses Rumhuren rigoros bereuen. Er war reif... für einen kräftigen Tritt in den Arsch. Und in die Fresse. Roger war richtig erschrocken und robbte im Raps zurück. Seine Braut geriet in Rage. Rita griff rüde und rabiat zur Rasierklinge. Sie drohte Roger zu kastrieren und seiner Männlichkeit zu berauben. Sie rief rau und ruppig: „Ständig willst du eine Runde rumbumsen. Du willst mich reiten und so richtig rannehmen. Das Problem: Dein Prügel ist mickrig wie ein ranziges Radieschen... und außerdem bist du regelmäßig rausgerutscht! Wo bleibt die Reibung?!" Dann reckte Rosy ihren roten Rock. Doch was baumelt denn da zwischen Rosys rasierten Schenkeln? Rosy war in Reality... eine draufgängerische dralle Dragqueen! Oh my God! Roger erlitt einen brachialen Brechreiz. Rita hat sich von Roger getrennt. So musste Roger den Rest seines Lebens rumrubbeln. Rita treibt es seitdem mit einem riesigen regalfrischen Rettich.

Bon Fromage

Meine Reise nahm ihren Anfang in der hessischen Provinz. Da quartierte ich mich bei einem Kumpel ein. Er war ziemlich **kräftig**. Kein Wunder, immerhin ist er ein echter **Limburger**. So verbrachte ich einige Zeit bei ihm in der **Molkestraße**. Da kamen illustre Gesellen zusammen. Und allesamt waren sie **Feta**. So hatte jeder seinen **Dreikäsehoch**. Außer Till. Sobald ein **Baby bell**-te, musste Till darauf aufpassen. Somit war regelmäßig **Till Sitter**. Auf Dauer war der nur noch genervt. Er hatte die Nase **gestrichen** voll, und am Ende war sein ganzes Geld alle. Was leider abzusehen war, denn die meisten seiner Freunde waren **Harzer**. Auch ich hielt es dort nicht lange aus, nachdem ich zunächst dem Motto treu blieb: **Ha... wart i** halt!

Glücklicherweise begegnete ich dann meiner Freundin. Ella. Die war echt 'ne **Schnitte**. Am Anfang dachte ich noch, sie sei eher **mild**. Bis ich dann feststellte, dass sie ständig nur meckerte. So hatte ich ab sofort meine **Molzer-Ella**. Nichtsdestotrotz meinten alle meine Freunde, was für ein tolles **Paar me san**! Darum machten wir ganz spontan nach **Rom a Tour**. Das war **fol epi..sch**! Seitdem verreisten wir öfter. Auch letzten Sommer, da zog es uns nach Südafrika. Da **hamas Kap ohne** Probleme umsegelt. Und auch für dieses Jahr hatten wir wieder was geplant. Und das war beileibe keine **Milchmädchen-rechnung**.

Vielmehr war der Entschluss **gründlich gereift**. Also begab ich mich ins Reisebüro. Wohin es denn gehen soll, fragte mich so ein **Alt-Mecklenburger**. Wahrheitsgemäß lautete meine Antwort: Nach **Holland, Master**! So dauerte es nicht lange, und schon stand der **Jet da**. Nach kurzem Flug erreichten wir schließlich die Hauptstadt der Niederlande, wo es uns in den historischen Stadtkern zog. Nach **Old Amsterdam**. Doch Ella wollte schnell wieder weg, was mich doch sehr überraschte. **Beemsta** da nicht gefällt? Sie hatte andere Pläne.

Also musste ich erstmals in meinem Leben aufs Oktoberfest. Ich wurde **weich**. Auf der Theresienwiese begegneten wir einer Gruppe Studenten. Das waren **Münsterländer**. Und sie sangen ihre Lieder. Vor allem eines: **Gouda**-mus igitur. Irgendwann war auch ich betrunken. Dabei dachte ich am Anfang noch, da **kommt Tee**. Bis ich irgendwann ernsthaft glaubte, da **kam en Bär**! So war ich am Ende in **Bavaria Blu**. Und ich wusste nicht mehr so recht, was ich tat.

In dieser Situation lernte ich Gérard kennen, den jungen Franzosen. Er sah aus wie ein **Milchbubi**. Nur noch mir schenkte er fortan seine Aufmerksamkeit. Nach kurzer Zeit war **Gérard mon**! Und ich dachte mir, naja, **ein bisschen Brie schadet nie**! Doch was Ernstes konnte ich mir nicht vorstellen. Eher sowas… **Halbfestes**. Da hatte er sich **geschnitten**. Denn leider war sein **Gorgon so la** la, und außerdem war auch noch **Ricco da**! Irgendwann hat mir das alles mächtig **gestunken**.

Zum Glück hat Ella von alldem nichts mitbekommen. Da machte ich drei **Greyerzer**. Nun wurde es **würzig**. Ich sag es gleich: Von ihr könnt ihr euch alle noch **'ne Scheibe abschneiden**!

Eines Tages wollte sie es dann wissen! Und ich auch, schließlich bin ich ja kein **Klostertaler**... eher so... **der scharfe Max**. Jetzt konnte ich es kaum noch erwarten. Bei Ella lugte auch schon der **Rock vor**. Und als es dann ernst wurde, hörte ich sie nur noch rufen: „Oh la la, **le Grand Rustique**!" Immer wieder rief sie mir zu, wie **Bon i fahr's**. Ich spürte ihre Leidenschaft tief in meiner **Bergader**! **Alter Schwede**! Ich fühlte mich wie ein **Almkönig**. Genau das Richtige für **manch Ego**. Ich begann wahrlich zu **schmelzen**! Am Ende war ich so richtig **leer, da mer** echt lange Spaß miteinander hatten. Und das Beste kam zum Schluss: Sie hatte an ihrer ganzen **Hand Käse. Mit Musik**!

Justin – eine Analyse

Wer den kleinen Justin suchte, wurde meist sehr schnell fündig. „Arschloch! Arschloch!" Schon von weitem hörte man die direkte Ansprache des Justin Dünsch. „Arschloch! Arschloch!" Arschloch, das konnte alles sein: Vater, Mutter, Bruder oder auch mal seine vollgeschissene Windel. Die ganze Welt, ein einziger Arsch.

Was andere erst allmählich nach ihrer Einschulung lernen und verinnerlichen, beherrschte Justin schon als kleiner Hosenscheißer: die Dinge auf den Punkt bringen und in die richtigen Worte fassen, die da wären: „Arschloch, Arschloch" oder – je nach Situation, wenn er die Form wahren wollte: „Sie Arschloch". Für Justins Eltern brachen also beschissene Zeiten an, sie gehörten nicht zu denjenigen, die ihrem Stammhalter jedes unanständige Wort *erklären*, in der Hoffnung, ihm die Scheiße auszutreiben. Im Gegenteil, auf die Arschloch-Arschloch-Rufe reagierten Justins Eltern meist mit einem entnervten: „Mann, lass' den Scheiß!"

Justin entwickelte sich so ganz ungehindert zum Spezialisten in Sachen Arsch. Einer großartigen Zukunft als Arschloch schien nichts mehr im Wege zu stehen. Warum Justin dann doch nicht in die Annalen der Geschichte einging und es dann doch eher scheiße für ihn lief, hatte vielschichtige Gründe, die im Folgenden analysiert werden sollen.

In der Schule bekam Justin seinen Arsch nicht hoch, dafür fiel er durch eine gesunde Portion Selbstbewusstsein auf. Wenn die anderen Schüler brav anstimmten „Guten Morgen, Herr Lehrer", kam von Justin ein unnachahmliches: „Arschloch! Arschloch!" Dies brachte ihm den einen oder anderen Klassenbucheintrag ein. „Justin Dünsch bezeichnet den Lehrkörper als Arschloch". Irgendwann tat ihm das leid, und aus tiefstem Herzen entfleuchte ihm furztrocken: „Ich wusste ja nicht, dass Sie *kein* Arschloch sind." Der Lehrer fühlte sich verarscht. Und die Situation war, um es mit Justin zu sagen, wirklich ziemlich scheiße. Justins Deutschlehrerin, Jennifer von Hinten, brachte die Lage einmal treffend auf den Punkt, indem sie vor ihrer Klasse resümierte: „Justin beherrscht das Spektrum vom Anus bis zum Rektum."

Justin war nicht sonderlich beliebt bei seinen Mitschülern. Die hatten Schiss. Und die permanenten Arschloch-Rufe nervten irgendwann ... aber was soll man schon von jemandem erwarten, der Dünsch heißt?!

Ein weiteres Problem war die Tatsache, dass sich Justin mit der Zeit prächtig entwickelte, denn er war nicht dumm. Ganz im Gegenteil: Er war ein richtiger Klugscheißer. Irgendwann hat er sogar angefangen mit Po-esie. Unvergessen ist seine Schöpfung: „Ich flüster' dir was Barsches in das Loch deines Arsches", womit er einerseits die Dichterlesung in Hinterzarten gewann, andererseits jedoch von der Hauptschule flog. Da war die Kacke am Dampfen, zumal es ihm nicht gelang, wenigstens im Internet einen Hauptschulabschluss runterzuladen. Ganz schöner Shit, Justin drohte jetzt richtig abzukacken, ihm drohte ein Schicksal als Analphabet. Doch ganz so schlimm kam es dann doch nicht.

Justin war jung, und wenn er nicht gerade „Arschloch, Arschloch" rief, hielt er nach dem anderen Geschlecht Ausschau! Sein vielschichtiger Wortschatz führte ihn unausweichlich zu Mandy. Das war die mit dem Arschgeweih. Und auch ihr Job als Masseuse, nicht zu verwechseln mit Masseurin, war ziemlich für den Arsch. Wenn Justin und Mandy in Urlaub fuhren, dann ging es gen Italien, und sie waren am Po. Aber Mandy redete gern hintenrum und laberte eh nur Scheiße. Mit 18 Jahren hatte sich bei Justin der Berufswunsch verfestigt. Da konnte es nur einen geben: Das war der Arschitekt. Doch ohne Abitur hatte er die Arschkarte. Genauso wie beim Arschivar.

Eines Tages hat sich Justin Dünsch einen Fremdwörterduden gekauft. Während er wie gewohnt „Arschloch, Arschloch" rief, blieb er ganz zufällig beim Buchstaben „K" hängen. Koprolalie: „krankhafte Neigung zum Aussprechen unanständiger, obszöner Wörter, meist aus dem analen Bereich." Als Justin das las, war er ganz in seinem Exkrement, sorry, Element, und dachte sich:

scheiß Lexikon! Die Kopro*phagie* fand er übrigens kacke. Was das ist, könnt ihr ja selbst mal nachschlagen. Ist Geschmackssache.

Wahrscheinlich.

Ihr fragt euch jetzt bestimmt, was Justin eigentlich heute macht. So viel sei verraten: Er hat es geschafft, aus Scheiße Gold zu machen. Er veranstaltet sogar seinen eigenen Poetry Slam: „Die vier Buchstaben". In Darmstadt. Da haut er richtig auf die Kacke. Das Problem: Es kommt nix dabei raus. Und im Publikum sitzen nur Arschlöcher. So eine Scheiße.

ANDERWEITIG

EINDRINGLICHES

Die Welt spielt verrückt

Wir schalten jetzt wieder live nach Oberdollendorf. Werner Hanf, wie schaut's denn aus in der Dolly-Buster-Arena?

Nach wie vor noch keine Tore. Jetzt ein Angriff der Weltauswahl über die rechte Seite, Horst Seehofer am Ball, mit der Nummer 88, da marschiert er, umkurvt den ersten, den zweiten, und da fällt er schon wieder um! Mensch, Horsti! Angela Merkel erkämpft das Leder, sprintet, zugeknöpft bis dorthinaus, heute ganz in schwarz, in ihrem hautengen Hosenanzug, Merkel, Merkel, formt ihren Körper zur Raute, zieht ab, direkt aus dem Mundwinkel! Knapp daneben. Abstoß, Harald Glööckler, Glööckler, nach seiner Doping-Sperre wieder dabei, jaja, das liebe Botox, Glööckler, passt auf Conchita Wurst! Wurst, wie Phönix aus der Asche setzt sich die bärtige Diva hier in Szene, stööößt nach vorne, lässt das Ding durchflutschen zu Daniela Katzenberger.... Spiel, du Luder! Doch was macht die Katze denn da? Da zieht sie den Lippenstift nach, da zieht sie ihren Lippenstift nach. Schlampiges Zuspiel auf Katy Perry, der schon ganz warm wird in ihrem Latex-Outfit, Perry, zurück zu Katzenberger, die versucht es mit der Hacke, aufreizend lässig, doch da bricht ihr der Absatz ab, oh nein... Donald Trump am Ball! Trump, über rechtsaußen, die Frisur sitzt, Trump trampelt nach vorn, am ersten vorbei, was brüllt er denn da rum? Er fordert die La-Ola-Welle, nur für sich! Oh my God! Zurück ins Studio zu unserem Experten, dem hier hoffentlich nicht die Hundemaske vom Gesicht fällt, Lothar Matthäus bitte!

Loddar, wie sind deine ersten Eindrücke? Wie sagtest du doch mal so schön: Das Chancenplus war bisher ausgeglichen? „Also ich finde, wir sind eine gut intrigierte Truppe! I hope, we have a little bit lucky!" Das hoffen wir auch – und geben sofort zurück zu Werner Hanf!

Ja, meine Damen und Herren, Sie glauben nicht, was hier in Oberdollendorf los ist. Und Schuld ist dieser kleine Dicke! Nee, nicht Gerd Müller! Kim Yong Un! Der Koreaner geht ab wie eine Rakete, macht eine richtig gute Figur in seinem feuerroten Strampelanzug, immer noch Kim, frisch gewickelt, *das* nenne ich mal Age Play, doch da fällt ihm der Schnuller aus dem Mund, da fällt ihm sein Nuckel einfach aus dem Mäulchen. Putin erobert das Leder, Wladimir Putin, dieser lupenreine Balltreter, da lässt er Merkel aussteigen, jaja Wladi, du duldest eben keine Opposition. Putin, welch eine Dominanz, oberkörperfrei noch dazu, schöner Doppelpass mit Lady Gaga. Die setzt ihr Pokerface auf, will erst noch posieren, für ihre Paparazzi, doch was machen denn die? Die versohlen ihr das Popöchen! Das ist Spanking! Freistoß. Wer stellt die Mauer auf?

Da kann es nur einen geben: Donald Trump. Wütend stürmt der Amerikaner zum Tatort, Bestrafung findet er eben geil, Trump, kaum zu bremsen, zückt aber nicht die Peitsche, sondern das Handy – und setzt Twitter-Nachrichten ab! Welch eine Qual! Jetzt kann's weitergehen. Die Mauer steht... Freistoß, ausgeführt, drüber! Abstoß Harald Glööckler, Glööckler, was er heute zeigt, ist richtig pompöös, so kennen und lieben wir dich, Glööckler, auf Daniela Katzenberger, die geschmeidig ins Spiel gefunden hat auf ihren silbernen Ersatz-High-Heels, sieht Seehofer, doch der stellt sich mal wieder ins Abseits... Zuspiel auf Dieter Bohlen, der den Dresscode heute etwas *eigenwillig* auslegt, mit seiner schneeweißen 80er-Jahre-Lederjacke. Wer hat *den* denn nur gecastet? Dieter, so wirst du nie ein Superstar! Zurück ins Funkhaus!

Loddar, a propos, was sind eigentlich deine Pläne für die Zukunft? „Egal ob Mailand oder Madrid – Hauptsache Italien!" Gen Italien ist immer gut! Aber schnell zurück zu Werner Hanf, in Oberdollendorf tut sich was!

Elfmeter! Der Schiri zeigt auf den Punkt. Aber was macht denn Trump? Er wedelt mit Scheinen, Trump will den Schiedsrichter kaufen! Und er will die Regeln neu aushandeln! Wilde Diskussion zwischen Donald Trump und dem Unparteiischen! Doch der lässt sich nicht beirren... Bruce Darnell wird schießen.

Darnell gegen Glööckler, was ein Duell. Glööckler, erwartet den Schuss, in seinem strassbesetzten Torwartanzug. Darnell, schwingt gekonnt seinen Astralkörper, läuft an, verzögert, und dann rutscht er aus... auf einem Haufen von Dollarnoten! Was für ein Drama, Baby! Weiter 0:0. Glööckler schlägt ab, Conchita Wurst, der spielt heute nur Käse, weiter zu Falco, doch was treibt der denn da an der Torlinie? Ich fasse es nicht! Falco, das weiße Zeug ist Kreiiide! Gelbe Karte! Aber da leg ich mich fest: Bei der nächsten Nase fliegt er! Spieleröffnung über Merkel, Angela, du musst noch lange nicht weg, Lupfer auf Trump, immer wieder Trump. Doch was macht Trump? Hält abrupt an, er hält an! Weil die Mitspieler die Hymne nicht singen! Trump, außer sich vor Wut, geht auf seine Kollegen los. Er will sie feuern! Doch das Auswechselkontingent ist längst erschöpft.... Donald, wir sind hier nicht im Weißen Haus, wir sind in Oberdollendorf! Ein letztes Mal zurück ins Funkhaus!

Loddar, wie wir hautnah miterleben, gab es einige brenzlige Szenen. Was sagst du denn zur Leistung des Unparteiischen „Äh... Schiedsrichter wär nix für mich, lieber was, was mit Fußball zu tun hat!" Das lassen wir mal so stehen. Jetzt wieder zu Werner Hanf, mit der heißen Schlussphase...

Ja, immer noch keine Tore in der Dolly-Buster-Arena… aber die Joker beginnen zu stechen! Micaela Schäfer ist am Ball, schlängelt sich am ersten vorbei, trickst Angela Merkel aus, die fällt hin und will es aussitzen, Micaela Schäfer macht das ganz raffiniert, da zieht sie sich ihr Leibchen aus! Da zieht sie ihr Leibchen aus! Micaela, du alte Textilallergikerin! Übergibt das Leder an die Katze, Daniela Katzenberger, doch die verliert ihren Tanga, oh nein, da verliert sie den Schlüppi mitten auf'm Platz – und Horst Seehofer dreht sich direkt um! Oh mein Gott! Wer fällt denn da auf einmal vom Himmel? FRANZISKUS! Er will ins Spiel eingreifen! Putin, sieht Franziskus, Wladimir, du Schlitzohr, Steilpass, direkt zu Franziskus…. Der nimmt die Pille an! Stellen Sie sich das vor! Franziskus nimmt die Pille an… Franziskus…. läuft aufs Tor zu, Franziskus frei vor dem Tor, zieht ab… er macht ihn *reiiin*!!! Er ist drin!!! Du Lustgreis! Ich fall vom Glauben ab!!! 1:0, Franziskus, du bist ein Fußballgott!!! AUS, AUS, AUS, das Spiel ist aus!

Nichts für dominante Ohren – die frechsten Sprüche der Subs!

Hier lacht sich die Sub ins Fäustchen, doch wer zuletzt lacht...

„Auf die Knie!", „Ruf mich an!", „Schluck, du Luder!" und ähnliche Befehle kennen wir alle nur zu gut. Dom zeigt Sub überaus deutlich, was er von ihr erwartet. Da geht es mitunter nicht nur körperlich, sondern auch verbal derb zur Sache. Da wird geschimpft, geflucht, vulgär zugeschlagen. Da wird die gute Kinderstube gnadenlos über Bord geworfen und einem übergeordneten Zweck geopfert. Dirty Talk heißt das Zauberwort. Das gehört bei einem ausgeprägten Sadomaso-Spielchen einfach dazu und wird von den meisten gar als besonderer Kick empfunden.

Doch wagen wir mal ein Gedankenexperiment. Ein zugegebenermaßen ziemlich ungehöriges. Eines, das alles in Frage stellen könnte, worauf BDSM fußt. Zumindest aber die ach so unantastbare Rollenverteilung in einer jeden Sub-Dom-Beziehung: Was passiert denn eigentlich, wenn die Sub auf einmal freche Reden schwingt? Wenn sie gar unverschämt wird? Wenn sie die jahrelange Erziehung über den Haufen wirft und urplötzlich die Rotzgöre raushängen lässt? Und das vielleicht auch noch in einer unmöglichen Situation? Wenn etwa der Herr seinen dominanten Willen kundzutun sucht, indem er mit männlich-markanter Stimme einfordert:

„Knie nieder, du Luder!" – doch die Sub bleibt einfach stehen? Oder wenn er die Peitsche rausholt - und sie ihren Schneebesen vorzeigt? Wie sollte sich ein Dom in diesen Momenten verhalten, um seine Würde zu wahren und nicht zum Dömchen zu verkommen? Auf eine solche Probe gestellt, zeigt sich nämlich erst, was er wirklich zu bieten hat. Dom oder dumm, das ist dann die Frage.

Fest steht: Der verbale Frontalangriff auf den Herrn ist ein ganz heißes Eisen, kommt in der Praxis jedoch viel häufiger vor als es so mancher zugeben mag.

Fest steht auch: Wenn er sie mit Fäusten, Peitschen und allerlei Hilfsmitteln aus seiner Werkzeugkiste einzuschüchtern versucht, aber gar nicht mehr zum Erstschlag ausholen kann, weil sie ihn nämlich längst mit Worten ins Visier nimmt, dann wird es regelmäßig lustig. Nur nicht für den Dom.

Nichtsdestotrotz soll der Spaß für uns hier erst richtig anfangen. Wagen wir uns also heran an die frechsten Sprüche der Subs. Nehmen wir sie genauer unter die Lupe!

Wir präsentieren einige der unverschämtesten Verbalattacken – mitten aus dem oft allzu harten Leben. Ungeachtet der Strafen, die bei Nachahmung eines solch respektlosen Verhaltens, von dem wir hier dringend abraten wollen, möglicherweise folgen. Sofern der Dom seinen Namen verdient.

Los geht´s!

Variante 1: Den Dom packt die Lust auf ein schönes Stelldichein mit seiner Sub. Die dazu notwendigen Gegenstände wie Peitsche und Lederriemen hat er schon in Position gebracht, um Spaß haben zu können. Doch nanu, was bekommt er denn da auf einmal zu hören: „Nö, Kopfschmerzen!", „Nö, keine Zeit", „Wat, wer bist du denn?" oder „Was zahlst du dafür, dass ich dir gehorche?!"

Variante 2: Dom führt seine Sub an der Leine aus, denn er hält sie nun mal gerne als Hündin, sie winselt zunächst auch wie eine solche, doch auf einmal ruft sie freudig aus: „Zieh endlich fester, du Schlaffi!". Wie reagiert Dom auf so einen Anflug von Ungehorsam?

Variante 3 - besonders übel: Kommentare zum besten Stück des Herrn und Meisters! Wenn es um die Männlichkeit geht, spätestens hier ist nämlich Schluss mit lustig. Oder etwa nicht? Man stelle sich nur vor, der von seiner dominanten Wirkung felsenfest überzeugte Herr hat gerade seine Sub nach allen Regeln der Bondage-Kunst gefesselt und geknebelt, sie windet sich hingebungsvoll in ihren Ketten und schreit wehklagend „Nein!" oder „Au!", ER öffnet daraufhin seinen Reißverschluß und möchte seiner Gespielin mächtig imponieren. Ihre Reaktion jedoch: „Zwanzig Zentimeter sind das niemals, kleiner Peter!". Was dann?! Soll er sie etwa auffordern, nachzumessen?!

Variante 4: Fies wird es auch, wenn der fußballbegeisterte Dom mit seiner Sub ein Match am Fernsehbildschirm verfolgt und ER biertrinkend, fahnenschwenkend mit voller Inbrunst zum Torjubel ansetzt – woraufhin sie ihn jäh unterbricht: „Das war Abseits!" Da gerät selbst das Weltbild des stärksten Dom ins Wanken.

Variante 5: Und wie wäre es schließlich, wenn ER ihr den Futternapf auf den Boden knallt und von ihr verlangt „Friss oder stirb!" – und sie lässig antwortet: „Jawoll, mein Herrchen!" Spätestens dann ist etwas ganz gewaltig schiefgelaufen in der Erziehung. Hier muss er dem frechen Treiben schleunigst Einhalt gebieten. Aber doch nicht, indem er sich jetzt auf seine „Amtsautorität" beruft? Etwa mit den Worten: „Ich dachte, ich bin der Dom!" Dann setzt die pfiffige Sub nämlich gleich noch einen drauf: „Du glaubst wohl auch noch an den Weihnachtsmann!"

Doch brauchen wir nicht immer gleich an die bösesten aller bösen Möglichkeiten zu denken. Frechheit beginnt schon wesentlich subtiler, viel unterschwelliger. Wenn beispielsweise in den Wortschatz der Sub gewisse Wendungen Einzug halten, die sich eigentlich von selbst verbieten sollten: „in deinen Träumen", „Ich glaube nicht, dass ...", „Ich bin da anderer Meinung".

Häufig sind aber *Worte* gar nicht erst notwendig, um die Autorität des Herrn und Gebieters zu untergraben.

Manche Taten sprechen einfach für sich:

Beispiel: Entschlossen und routiniert versetzt ER seiner Sub mit der Neunschwänzigen einen Hieb nach dem anderen, dass es nur so kracht. Doch was sieht er denn da? Statt in angsterfüllte Augen einer geschundenen, um Gnade flehenden Sub blickt er... auf eine Wertungstafel, die sie schwungvoll in die Höhe reckt! „4 Punkte!" – „Nächster Schlag bitte fester! Streng dich mal an!"

Oder: Wenn er sie ihrer bestimmungsgemäßen Rolle entsprechend „behandelt" und sein komplettes Instrumentarium durchtestet – und sie das alles im Stile eines Sportreporters live kommentiert: „Entschlossen greift der Herr zur Peitsche, nimmt sie in seine rechte Hand, will zum Schlag ausholen, ist schon voller Erregung, sein Glied ist erigiert, der Hoden prall, was wird er nun tun, was hat er wohl vor, naaa, er fasst sich ein Herz, holt tief Luft, holt aus... und.... oh nein, da fällt ihm die Peitsche aus der Hand, da fällt sie ihm einfach aus der Hand..."

Weitere Klassiker, die hier nicht unterschlagen werden sollen: Wenn er sie züchtigt - und sie kichert und herumalbert! Wenn er sie fesselt – und sie schnarcht!

Endgültig verloren hat der Herr und Meister übrigens dann, wenn sie ihn dazu bringt, dass ER „bitte" sagt!

Wünschen wir abschließend allen Doms und solchen, die es sein oder werden wollen, dass sie mit derlei

Situationen niemals konfrontiert werden. Und wenn doch, dann drücken wir ganz, ganz feste die Daumen, dass die eigene Dominanz ausgeprägt genug sein wird, um die frech gewordene Sub ordentlich und standesgemäß zu bestrafen. So wie sich das gehört. In diesem Sinne: Auf die Knie!!!

Vorschläge, wie die ungehörige Sub zu peinigen ist, nimmt der Autor im Übrigen gerne entgegen. Mail an: info@nichtganzdichter.com

Ludwigshafen, ich komme!

Ihr wollt was wirklich Schmutziges hören? Was total Abartiges? So richtig, richtig dreckig? Okay, dann erzähle ich euch einfach mal von … Ludwigshafen. LU ist neben Köln mein zweiter Wohnsitz, meine Stadt, mein Zuhause …. Doch genauso wie mein Herz ist auch mein Ludwigshafen leider, leider alles andere als eine saubere Sache: Es ist die pure Lust am Schmutz! Dirty Streets, Dirty People, Dirty Air! Ludwigshafen, du Drecksau! Was wir hier leider *weniger* haben, ist Dirty Talk. Klingt auf Pfälzisch einfach zu komisch: „Uff die Knie", „Hosche mool, willsch mir ääner bloose?" Doch was nur *wenige* wissen: Ludwigshafen *hat* seine Reize! Besser noch: Ludwigshafen ist die erotischste Stadt Deutschlands! Denn was man hier jeden Tag so geboten bekommt, da sag ich nur: wow!

- Zuallererst wäre da diese unglaubliche *Vielfalt an Vorlieben*. In Zeiten von Shades of Grey ist das ja nicht unwichtig. Beispiel Spanking: Wer darauf steht, sich mal so richtig sein süßes Popöchen vermöbeln zu lassen, der muss einfach nur geeignete Locations aufsuchen, zum Beispiel den Berliner Platz! Ein falsches Wort, und die Bestrafung erfolgt sofort. Da wird der Passant zum Flagellant! Nennt man hier übrigens… Dresche! Ludwigshafen, du heißes Pflaster, du Stadt der Laster!

- Dann kann man sich hier so *hervorragend über sinnliche Themen austauschen*. Die spontane Kontaktanbahnung geschieht dabei auf die für Ludwigshafen so typische, einfühlsame Weise: Ey isch fick disch, Alder!" oder – ehrliches Interesse auch an den engsten Angehörigen bekundend – „Isch fick deine Mudda". Und all das gibt es in den *verschiedensten* Sprachen! Ludwigshafen, du *mondäne Diva*!

- Nicht unerwähnt bleiben sollte diese *romantische Ader*, die die größte Stadt der Pfalz *durchaus* zu bieten hat. Allein diese Straßennamen... Wenn du mit deiner Liebsten Arm in Arm durch die Ammoniakstraße schlenderst und in die Hydrierungsstraße abbiegst und vielleicht noch einen kleinen Umweg über die Hochdruckstraße nimmst, da schlägt das Herz Purzelbäume – was aber auch daran liegt, dass hier regelmäßig geblasen wird! Direkt aus'm Schornstein! Ludwigshafen, mein permanenter Blowjob!

- Woran erkennt man eigentlich am schnellsten, *wie* versaut diese Stadt ist, mitsamt ihren 170.000 Bewohnern? Richtig, am Nummernschild. Der Renner ist natürlich LU-ST... Lust... hat man hier nämlich immer. Auch wenn es manchmal nur die Lust ist, schnell rüber nach Mannheim zu fahren.

Und an jeder Ecke lauert ein... LU-DA... Ludwigshafen, du Luder! Ludwigshafen, du geile Sau!

- Und auch der *Masochist* kommt hier voll auf seine Kosten. Einmal durch die Fußgängerzone flaniert, und du *weißt*, was eine echte Qual ist!

- Was Ludwigshafen endgültig zur *Perle der Pfalz* macht, sind seine vielfältigen *optischen* Reize. Nein, nicht die Rheingalerie, nicht das Rathauscenter, sondern in erster Linie ist es dieses *Anmutige* der hier anzutreffenden *Menschen*... man denke da nur an unsere Katze, Daniela Katzenberger...

- Und damit wären wir auch schon beim hervorstechendsten Merkmal angekommen, das Ludwigshafen zur unumstrittenen Hauptstadt der Lust macht: Es ist die *geistige Brillanz*, die dem gemeinen Vorderpfälzer nun mal innewohnt! Was immer wieder dazu führt, dass das Kopfkino auf Hochtouren läuft! Und das klingt so:

Gibt's auch manchmal auf die Fresse, so ist Ludwigshafen die Blüte der sprachlichen Finesse... und meine Muse, LU... du Stadt, mit der ich täglich schmuse. Du Offenbarung des Geistes! Und du weißt es! Ludwigshafen, du ständige Versuchung, ich liebe dich und deinen dreckigen Atem, deine dreckigen Zoten, deine dreckigen Geschichten – und will für nichts und niemanden auf deinen Schmutz verzichten, auf all das Abartige, Verwegene und das Versaute – und selbst auf das total Verbaute.... Möge es noch in hundert Jahren aus deinen rostigen Rohren blasen, ich geh' in jede deiner Sessions und lasse mich von dir bespaßen! Bist du auch nichts ... für hochsensible Nasen... Ludwigshafen, du bringst mein Herz zum Rasen! Und noch viel intimere Bereiche! Und ob BDSM oder BASF, ist hier ... sowieso das gleiche! Ludwigshafen, du machst mir endlos Lust! Lust auf mehr! Lust auf dich – und deinen ständigen Verkehr! Lass uns verrucht sein in Ruchheim, ich will dich knuddeln in deinen dunklen Ecken, komm, lass uns schmuddeln und lass mich schmecken! Ludwigshafen, Ort meiner Liebe! Ludwigshafen, Hort meiner Triebe! Bist du auch dreckig, dann dusch ich. Oh, du machst mich wuschig! Ludwigshafen, dich vernasch' ich! Stadt von Giulini und Raschig! Immer tiefer ... dring' ich ein! Ich reite mich genüsslich rein! Ludwigshafen, du Stadt am Rhein! Mein Schatz, mein Gewinn! Oh ja, ich bin drin! Only you, only Lu! Du Luder, du Stück! Lu, du bist mein Glück! Mein Seelenheil! Ludwigshafen, du heißes Teil! Triffst *mich* wie Amors Pfeil! Du bist so ... pervers .. geil! Ludwigshafen – ich kommmmeeeeeeee....

Studieren Sie Erotik!

Neuer Studiengang an der

Lustus-Libido-Universität Geilenkirchen

ab WS 2019/20

EROTIK

Master of Body Administration

„Eine attraktive Alternative"

Die Uni Geilenkirchen macht es möglich: Der bundesweit erste Studiengang „Erotik", der eine echte Alternative zu den klassischen Studienfächern darstellen soll, wurde unter der Schirmherrschaft von Prof. Dr. B. Liebt ins Leben gerufen. „Das Studium verbindet Theorie und Praxis auf eine bisher noch nicht bekannte Weise", verspricht der Dozent. „Wir vermitteln unseren Studierenden vor allem auch Erfahrung", fügt er hinzu. Die Regelstudienzeit beträgt neun Semester einschließlich eines Praxissemesters. Am Ende des Studiums steht der akademische Grad „Master of Body Administration", kurz MBA. „Unseren Studierenden bieten sich hervorragende Chancen auf dem Arbeitsmarkt. Jeder Absolvent findet die richtige Stellung!", sagt Dr. Timo Kuschel, Fachbereichsleiter und Studiendekan an der Lustus-Libido-Universität. Zulassungsbeschränkungen für den neuen Studiengang bestehen nicht. Nach ersten Schätzungen wird die Frauenquote im WS 2019/20 stolze 75 % betragen. „Wir appellieren nun vor allem an männliche Studierwillige, sich bei uns für das Fach Erotik einzuschreiben", sagt Dr. Lolita Kiss von der allgemeinen Studienberatung. Für besonders qualifizierte Absolventen eröffnen sich zudem hervorragende Promotionsmöglichkeiten: Je nach Neigung kann der Weg zum Dr. prost. (Doktor der Prostitutionswissenschaften) oder zum Dr. lud. (Doktor der Verluderung) beschritten werden. Darüber hinaus finden Absolventen der Erotik jenseits der Hochschule Beschäftigung in traditionellen, ehrlichen Gewerbezweigen mit weit überdurchschnittlicher Vergütung plus Wohnmöglichkeit.

Allen zukünftigen Studierenden viel Erfolg!

Ansprechpartner für Informationen zum neuen Studiengang:

Dr. Timo Kuschel, Fachbereichsleiter Erotik

Exklusiv-Interview mit Dozentin Dr. Rosa Schlüpfer:

Studierendenvertretung: Hallo Frau Dr. Schlüpfer.

Dozentin: Guten Tag.

S: Frau Rosa Schlüpfer, Ihr Name klingt wirklich vielversprechend. So bin ich auch auf den neuen Studiengang an der Uni Geilenkirchen aufmerksam geworden: Erotik, Master of Body Administration…

D: Vielen Dank. Sie sind aber auch nicht übel. Schön, dass Sie gekommen sind… bzw. dass Sie da sind!

S: Gibt es das Studienfach Erotik eigentlich auch schon an anderen Unis, oder ist das ganz neu hier in Geilenkirchen?

D: Unser Studiengang ist quasi noch jungfräulich. Es ist für uns alle das erste Mal.

S: Welche Vorkenntnisse muss man mitbringen?

D: Wir fangen ganz vorne an. In die Materie werden wir tief eindringen. Nicht aufnehmen werden wir Analphabeten.

S: Wie hoch sind denn die Anforderungen?

D: Bei uns kann man mal oben und mal unten sein. Gefragt sind vor allem auch Fingerkünste. Eine spitze Zunge wäre auch nicht von Nachteil.

S: Zeigen *Sie* doch bitte mal Ihre Zunge.

D zeigt Ihre Zunge.

S *(grinst)*: Uh... wann die wohl mal im Einsatz ist....? Können Sie etwas zu den Prüfungsmodalitäten sagen?

D: Wir setzen in Geilenkirchen mehr auf mündliche Prüfungen. Sie werden von Prof. Dr. Blaser abgenommen.

S: Muss man ein Praxissemester absolvieren?

D: Ja, das Praxissemester soll den späteren Berufseinstieg erleichtern. Man kann es im universitätseigenen „Institut für angewandte Verführungstechniken" oder in der „Akademie der nackten Tatsachen" absolvieren.

S: Welche Vorlesungen bieten Sie an?

D: Im ersten Semester werden Sie sich mit den Grundlagen vertraut machen. Da wären die Vormittagsveranstaltungen „Ausziehen I" sowie Oralysis. Nachmittags heißt es dann „Manuelle und orale Technik" sowie „Reizlehre". In regelmäßigen Abständen findet das Tutorium „Gruppendynamik" statt. Darüber hinaus bieten wir das Seminar „Sekt und Sahne – Theorie und Praxis" an.

S: Wer ist denn für die allgemeine Studienberatung an der Lustus-Libido-Universität zuständig?

D: Da wenden Sie sich bitte an Dr. Timo Kuschel, den Fachbereichsleiter Erotik. Seine Stellvertreterin ist Dr. Lolita Kiss.

S: Was ist aus Ihrer Sicht das Besondere am Studiengang Erotik?

D: Theorie und Praxis spielen bei uns perfekt zusammen. Es gibt keine Berührungsängste zwischen Studierenden und dem Lehrkörper. Wir schreiben Nähe ganz groß. Es gibt viele weibliche Professoren, bei uns sind die Frauen oben. Wir bieten den Studierenden ein beträchtliches Sportprogramm, insbesondere Rodeo und Reiten. Vorkenntnisse sind für den Studiengang nicht erforderlich, jedoch haben besonders die weiblichen Bewerber oft schon eine gewisse Berufserfahrung vorzuweisen und sind finanziell unabhängig.

S: Würden Sie das bitte genauer erläutern?

D: Ja, ich habe mich vorhin mit einer Studierenden unterhalten, die sich gerade in Geilenkirchen immatrikuliert hat, Jana von Hinten. Sie meinte: Dieses Studium ist kolossal, denn wir arbeiten horizontal.

S: Das ist ja genital, sorry genial. Wie sieht es denn mit der Verpflegung aus, gibt es eine Mensa?

D: Wir setzen auf gesunde Ernährung, um den Körper fit und attraktiv zu halten. Daher bieten wir Obst an. Und in der Mittagspause machen wir Ananas.

S: Wer ist Anna?

D: Mit ihr habe ich vorhin einen Film angeschaut. Einen für Erwachsene *(grinst)*.

S: Ach so, verstehe. Denken Sie eigentlich, es wird viele Langzeitstudierende im Fach Erotik geben?

D: Nein, das Studium wird recht flüssig verlaufen. Aber es ist nicht so einfach, wir befürchten, dass so mancher vorzeitig abbricht. Dr. Herbert Laster sagte mir schon: „In diesem Studiengang gehen die Studis rein und raus."

S: Ich gehe lieber rein.

D: Die Studenten werden beim Studium in Geilenkirchen hoffentlich nicht schwach werden. Schließlich soll der Abschluss kein feuchter Traum bleiben!

S: Oh ja, wichtig ist allein, was hinten rauskommt.

D: Ein gutes Stichwort! Die sanitären Einrichtungen befinden sich in einem hervorragenden Zustand. Möchten Sie sich selbst davon überzeugen? Wir haben übrigens auch einen Klinik-Bereich!

S: Nein, sorry. Das ist mir dann doch eine Nummer zu heftig.

D: Offen sollten Sie aber schon sein, wenn Sie in Geilenkirchen Erotik studieren wollen. Und vergessen Sie bitte nicht: Am 1. August ist Tag der offenen Hose.

S: Ja, ich finde längere Ladenöffnungszeiten auch sehr wichtig. Das ist ja auch in anderen Ländern so üblich, schauen Sie nur gen Italien.

D: Bei Ihnen ist aber geschlossen.

S: Ja, heute ist Ruhetag. Außerdem möchte ich mich nicht auf dieses Thema versteifen.

D: Stimmt. Aber ich kann Sie beruhigen: Wenn Sie hier studieren, wird es schon nicht zu hart. Es kommt halt auf die Ausdauer an. Entspannung ist jederzeit möglich. Nicht zuletzt haben wir ja noch die geilen Kirchen.

S: Wie ist es denn mit Verkehr?

D: Also dazu bin ich im Moment nicht bereit, außerdem habe ich Kopfschmerzen.

S: Neiiin, ich meinte die öffentlichen Verkehrsmittel! Gibt es eine gute Anbindung zur Uni?

D: Ja, aber auch mit dem Rad ist die Uni gut zu erreichen.

S: Wollen Sie mal meinen Ständer sehen? Also den von meinem Fahrrad!

D: Nein, ich spiele jetzt erst noch mit meiner Muschi… also mit der Katze!

Der Tattergreis-Report

Tatsachenberichte aus dem Seniorenzentrum St. Blasius – von Lustgreisen und alten Jungfern

Nachdem ihm Schwester Chantal eine neue Windel angelegt hat, schwingt sich Dieter aus dem Bett. Seine vierundachtzig Lenze merkt man ihm gar nicht an, er ist noch richtig knackig für sein Alter. Und in seiner Hose ist ständig der Teufel los. Das war bei Dieter auch früher schon so, als er noch im Privatfernsehen Castingshows moderiert hat. Schon damals wollte ihn niemand sehen, und das hat sich auch 19 Jahre später nicht geändert. Das mit dem Modern Talking hat er inzwischen zwar sein lassen, dafür quält er jetzt seine Mitbewohner unaufhörlich mit *Dirty* Talk. Vor allem auf die hellblonde achtzehnjährige Jennifer hat er es abgesehen. Doch die Altenpflegerin nimmt den Senior nicht mehr ganz für voll und pflegt in solchen Situationen zu sagen: „Du hast echt nix drauf – außer vielleicht Zahnbelag." Knallharter Alltag in einer beschaulichen Hamburger Seniorenresidenz – wir schreiben das Jahr 2038.

Doch nicht nur der „debile Dieter" – wie er hier genannt wird – sorgt für mächtig Trubel in dieser Anstalt. Auch sonst hat sich in St. Blasius noch niemand aufs Altenteil zurückgezogen. Plötzlich große Aufregung auf dem Flur: „Geh mir nicht an die Wäsche, du Luder", schallt es durch den Gang. Einmal mehr hat sich die fesche Sindy an der männlichen Pflegekraft zu schaffen gemacht. Sindy, früher Komikerin aus Berlin, heute ohne Zahn und vierzig Kilo leichter, lebt im zarten Alter von 67 ihre wahre Bestimmung aus: Fesselspiele am Krankenbett, Spanking mit Krückstock – und manchmal gibt's sogar Verbalerziehung im Duett mit Dieter! Das kostet allerdings extra. Wenn Sindy nicht gerade wirr daherredet oder ihrer dominanten Ader frönt, dann sucht sie immer häufiger ihre Dritten. Die bekam sie vor zwei Jahren von ihrem Hausfreund Olli geschenkt. Man nennt ihn hier übrigens den „Locher-Pocher". Er kommt extra ins Haus. Service wird in St. Blasius großgeschrieben.

Fest zum Inventar gehört auch der fiese Stephan. Der bereitet sich gerade auf seinen 72. vor. Er blödelt hier gerne herum, und manchmal spielt Sindy mit ihm „Schlag den Raab". Doch das vergisst der meistens ganz schnell wieder.

So tummeln sich auf engstem Raum Dieter, Olli, Stephan und Sindy. Deren freudige Erregung ist nicht zu übersehen – da tropft gewaltig der Sabber! Kein Wunder bei dem, was diese lustige Truppe geplant hat: Gangbang! Schwester Anna eilt herbei und wirft eine Packung Viagra in die Runde, die sofort begierig von den Herren verschlungen wird. Plötzlich macht sich Panik breit: Dieters Hose droht zu platzen! Doch Sindy sorgt für Abhilfe: „Knie nieder, du Sau", haucht sie ihm ins linke Ohr, aus welchem just in diesem Moment ein Hörgerät fällt. In diese romantische Atmosphäre platzt die weißhaarige Verona! Für eine 74jährige sieht sie noch ganz adrett aus, nur die Probleme mit der Grammatik sind geblieben! „Ich will dem Ständer sehn!", ruft sie freudig aus. Ihre Mega-Oberweite wird derweil genüsslich vom fiesen Stephan beäugt, der sich die Frage nicht verkneifen kann: „Wadde hadde dudde da?"

So ein Tag in St. Blasius ist wirklich nichts für Zartbesaitete. Etwas für ihren Orientierungssinn unternehmen die Bewohner beim allseits beliebten Spiel „Mit Stil in der Besenkammer". Da ist auch Boris voll in seinem Element. Zwar ist er mit seinen mittlerweile 73 Jahren nicht mehr so gut bei Fuß, und auch sein Tennisarm macht ihm mitunter zu schaffen, aber eine großzügige Samenspende im Darkroom ist immer noch drin. Heute muss die wilde Hilde dran glauben.

Die meisten Bewohner von St. Blasius stehen übrigens tierisch auf Vorspiel. Das nennt man hier … Kreuzworträtsel! Das machen die Damen und Herren jeden Mittag. Danach spielen oft die Hormone verrückt. So ist es auch heute. Sindy zückt ihre Gerte und züchtigt mit voller Inbrunst den arg verängstigten Boris. Dem fällt die Hundemaske vom Gesicht. Zur Strafe darf er nächstes Mal nicht mitspielen in der Besenkammer. Aber Boris spielt seit seinem Siebzigsten sowieso viel lieber mit Lego.

Der Tag in St. Blasius klingt gemütlich aus. Dafür sorgt die schöne Line Koks, die Christoph mitgebracht hat. Auch mit 83 hat der Lustgreis, der mit seinem ständigen Gerede über die gute alte Zeit allen tierisch auf den Senkel geht, noch die richtigen Connections. So stellen die von ihrer Leidenschaft Getriebenen ihre Schnabeltassen beiseite und ziehen viel lieber das weiße Zeug in ihre Nasen, als gäbe es kein Morgen! Und es dauert gar nicht lange, da entwickeln sie eine Fähigkeit, die schon längst verloren schien: Sie können auf einmal ganz klar denken!

Und da nimmt das Unheil seinen Lauf: Der sonst so debile Dieter bemerkt blitzschnell etwas Schreckliches, für ihn Unvorstellbares: Nicht nur, dass Verona ihn just in diesem Augenblick mit dem rüstigen Olli betrügt. Nein, viel schlimmer noch: In Dieters Mund, genauer gesagt, zwischen seinen Zähnen, noch genauer zwischen seinen Dritten, befindet sich etwas, das dort definitiv nicht hingehört! Es ist... das beste Stück vom fiesen Stephan! Das verkraftet Dieters krankes Herz leider nicht mehr.

Trotz des tragischen Verlusts steht für Verona fest: The Show must go on! Morgen geht's zur Brustvergrößerung. Verona betreibt noch ein wenig Dirty Talk mit Olli, dem ganz heiß wird in seinem Latexanzug. Und als sie ihn gerade entkleiden will, da kommt auch schon Schwester Chantal herein und bringt den Turteltäubchen das, was sie jetzt am allerdringendsten brauchen: einen Karton Pampers!

Und ihr denkt jetzt, das alles ist aber pervers? Nein. Pervers ist es erst dann, wenn du keinen mehr findest, der mitmacht.

„Come2gether" -
der Heiratsmarkt für Mitarbeiter!

Gesucht – und hoffentlich gefunden! Was für Ihr verloren gegangenes Portemonnaie, Ihr Hundehalsband oder Ihr herrenloses Damenrad gilt, kann im Hinblick auf eine Partnerschaft so verkehrt nicht sein: Wer suchet, der findet! Und wo sonst könnte man den Partner seines Lebens besser kennen lernen als in unserem Amt?! Ein Date im Dienst?! Schließlich weiß hier jeder ganz genau, worauf er sich einlässt. Sie kennen die Macken und schlechten Gewohnheiten Ihrer Kolleginnen und Kollegen zur Genüge, Sie wissen, wann wieder rücksichtslos genörgelt, genölt, geschimpft und gestritten wird.

Doch Sie wissen auch, wo sich die gefühlvollen Seiten des Kollegen verbergen, in welchem Referat er sitzt und – am allerwichtigsten: die gehaltliche Eingruppierung!!

Um das Näherkommen und gegenseitige Kennenlernen zu erleichtern, ist das umfangreiche Intranet-Angebot in unserem Amt ab sofort um eine Rubrik reicher:

„Come2gether – der innovative Heiratsmarkt für MitarbeiterInnen".

Erst inserieren, dann liieren! Unter diesem Motto kommen Sie Ihrer Zukunft zu zweit schon bald einen gewaltigen Schritt näher! Trauen Sie sich!

Aktuelle Angebote (Stand: 30.08.2019 11:25):

<u>Er sucht Sie</u>

Er (42, Nichtraucher), notorisch gelangweilt, doch nicht unvermögend, sucht rüstige und reife Sachbearbeiterin mit Spezialkenntnissen in SAP R/3 FI, wahlweise objektorientierte Programmiersprachen, zum Aufbau einer langfristigen und intakten Beziehung. Alter und Aussehen zweitrangig, der Dienstgrad entscheidet.

Was wäre das Leben ohne Zweisamkeit? Lieber zweisam als einsam – darum suche ich (männlich, 29, noch nicht auf Lebenszeit verbeamtet, A13) ein passendes Gegenstück. Verbeamtung kein Nachteil, aber auch keine Voraussetzung. Ich fuhr einst als Oberstleutnant zur See und strebe auch mit dir einen sicheren Hafen an. Bitte nur ernstgemeinte Zuschriften.

Waschechter Osnabrücker im besten Alter mit dem sprichwörtlichen Charme und dem westfälischen Humor, möchte nicht länger allein durch den tristen Büroalltag trotten. Darum suche ich die fetzige Büromaus, die mir den Alltag versüßt, die Bleistifte spitzt und den Kaffee kocht. Lass uns ein Haus bauen, einen Baum pflanzen und eine Menge Steuern sparen! Wichtig: Für mich kommt nur eine Dame mit romantischen Vorstellungen in Frage.

A8er sucht A14erIn zwecks emotionalem und finanziellem Aufstieg. Bitte nur Juristinnen. Laufbahnaufstieg ebenfalls angestrebt, Schwarzhaarige chancenlos.

Es gibt nichts Schöneres als nach getaner Arbeit kuschelnd über die Flure zu schlendern und den Workaholics bei der Arbeit zuzusehen. Wer teilt diese Einstellung? Suche Frau (50-60) mit Hirn und ausreichend Körperfülle, um den Dienstschluss in trauter Zweisamkeit ausklingen zu lassen. Spätere Heirat nicht ausgeschlossen. Bitte nur Beamtinnen.

Pferdeliebhaber (62) mit eigenem Gestüt möchte einen neuen Ausritt wagen. Willst du (w, bis 40 Jahre, schlank, sportlich) mich begleiten und das Glück dieser Erde gemeinsam erfahren? Dann melde dich unter dem Stichwort „hohes Ross" bei der Referatsleitung.

Sie sucht Ihn

Sie, 30, blond, blauäugig, werdende Mutter, sucht Vater in Ermangelung eines solchen. Sie sollten ehrlich, treu und zuverlässig sein, über ein gesichertes Einkommen verfügen (ab A16) und an einer ernsthaften Partnerschaft genauso interessiert sein wie ich. Räumliche Nähe vorteilhaft, bevorzugt Gebäude 15, 3. Etage.

Dorothee, 46, Volljuristin, mit Herz, Haus und Anhang spürt diese gewisse Sehnsucht jeden Abend. Das unbändige Verlangen nach einer starken Schulter zum Anlehnen, nach dem Philosophen für gute Gespräche, dem Prinzen auf dem Pferd und dem Herrn im Hause. Solltest Du Dich angesprochen fühlen, so sende mir Dein aussagekräftiges Bild. Ich verfüge über eine frauliche Figur, zwei Kater sowie einen 400 Quadratmeter großen Ziergarten im englischen Stil, siehe Foto. Vermögen aus Paritätsgründen erwünscht.

Leicht untersetzte Oberregierungsrätin sucht nicht unterbelichteten Oberamtsmann zur Gründung eines überaus familiären Unternehmens im Oberbergischen Umland.

Er sucht Ihn / Sie sucht Sie

Justin-Finn, 27, trainiert, talentiert, motorisiert (Harley Bj. 2009), sucht seinen Romeo für spannende Aktivitäten im Dienstzimmer. Bevorzuge preußische Uniformen, unbehaarte Oberkörper und nachweisliche Expertise in allen Fragen zur Steuerprüfung.

Gabriella, 34, liebt die Sonne, den Strand und das Meer und möchte die Sommerseiten des Beamtenlebens mit einer vorzüglichen Freundin auskosten. Du solltest humorvoll sein, nicht älter und nicht kleiner als ich (1,92 m). Bitte mit Bild.

Sonstiges

Diplom-Verwaltungsjurist FH, morgens Michael und abends Michelle, hat das Alleinsein satt und sucht liebevolle Partnerschaft mit Männlein, Weiblein oder solchen, die es nicht genau wissen. Mein Postfach freut sich auf Deine Zuschrift, Ganzkörperfoto vorteilhaft.

Dieter Arnulf Müller aus Gebäude 2 hat sie noch nicht gefunden: die Arbeit, die ihn erfüllt. Was her muss, ist der Job, der mich fordert und mir ein Lächeln in das niemals altern wollende Gesicht zaubert (bin 63, aber rüstig). Lebenslange Bindung an die Aufgabe durchaus vorgesehen, Angebote bitte unter Chiffre „Special Missions" an meinen Vorgesetzten.

Botenmeister (49, aus Oberdollendorf), sucht Referentin zwecks Zustecken von süßer Post auf dem Dienstweg. Meine vier Kinder, mein Wohnwagen und meine Boa Constrictor freuen sich auf weiblichen Zuwachs. Da ich im ländlichen Raum beheimatet bin und eine Landwirtschaft im Nebenerwerb betreibe, erwarte ich langjährige Erfahrung im Melken (nicht jedoch finanziell).

Die Rasierten

Parteien zur Bundestagswahl. Dazu sehen Sie nun einen Wahlwerbespot der Partei „DIE RASIERTEN – Partei für Wohlstand und Sexualhygiene" (Rasierte). Für den Inhalt der Wahlwerbespots sind die Parteien verantwortlich.

Wir schreiben das Jahr 2009. Eine haarige Angelegenheit steht uns ins Haus. Deutschland steht vor einer *Richtungs*wahl. Nach links oder nach rechts?! Für uns stellt sich diese Frage jedoch nicht, denn wir sind

DIE RASIERTEN. Wir haben was gegen Busch!

Stört es Sie auch, wenn etablierte Politiker unverständliche Phrasen in ihren Bart murmeln? Hängt Ihnen die ewige Haarspalterei zum Halse heraus? Und haben auch Sie gelegentliche Orientierungsprobleme im Urwald?

Dann kennen wir die Lösung. Denn *wir* haben das Patentrezept:

Eine *Klinge* muss durch unser Land gehen!

Und *Sie* können Ihren persönlichen Beitrag leisten.

Das Motto lautet:

Mit Bravour zur Rasur! Und das nicht nur am Kopf!

Schließen Sie sich unserer Bewegung an. Wir sind DIE RASIERTEN.

Wir fordern:

Weg mit den alten Zöpfen! Der Bart muss ab!

Wir sagen Nein zum Überwachungsstaat!

Wir sagen Ja zu einer unbehinderten Intimsphäre.

Barrierefreiheit für deutsche Zungen! Es geht auch ohne Scham.

DIE RASIERTEN – Partei für Wohlstand und Sexualhygiene.

Unser Parteiprogramm besagt:

Mehr Ausbildungsplätze im Frisörhandwerk. Nicht nur für das Haupthaar.

Wir kämpfen für den Mindestlohn.

Deutschland braucht mehr frische Klingen.

Und am Wahltag rasieren wir den Gegner!

DIE RASIERTEN sind die messerscharfe Alternative.

Wir treten ein für Gerechtigkeit - wir durchkämmen den Paragraphendschungel.

Wir stehen für Umweltschutz und gegen Wildwuchs.

Mit *uns* werden Sie keine haarsträubende Politik erleben.

Mit *uns* genießen Sie die schönste Aussicht, denn

wir zeigen Ihnen wirklich *alles*!

DIE RASIERTEN. Denn wir haben was gegen Busch!

Unser Parteiprogramm stützt sich auf neueste Forschungsergebnisse.

Wissenschaftler haben herausgefunden, dass regelmäßiges Rasieren das Haarausfallrisiko um 20 Prozent verringert. Wird die Rasur über das Kopfhaar hinaus ausgedehnt, so steigt die Wahrscheinlichkeit, den passenden Lebenspartner zu finden, sogar um 60 Prozent. Denn Rasieren liegt im Trend – nicht nur am Kopf! Rasieren ist sexy. Blank is beautiful! So leisten wir einen Beitrag zum Bevölkerungswachstum!

Wir sind DIE RASIERTEN – Partei für Wohlstand und Sexualhygiene

Wir sagen:

Charme statt Scham!

BH statt be-haart!

Wir lieben es blank.

Flinke Zungen wählen

DIE RASIERTEN.

Haarscharf am Puls der Zeit. Wir durchleuchten jedes Dickicht, schnell und effizient!

Wir fordern:

Rasur darf nicht vom Geldbeutel der Eltern abhängen!

Enthaarung muss sich wieder lohnen!

Und unsere zentrale Forderung lautet: Intimrasur für alle!

Es wird Zeit, dass was rasiert!

Wir sind

DIE RASIERTEN. Denn wir haben was gegen Busch!

Und Sie?

Heute schon rasiert? Dann setzen Sie ein Zeichen! Geben Sie uns beide Stimmen! Helfen Sie mit, Deutschland ein wenig blanker zu machen!

Für einen blanken Staat.

Wählen Sie

DIE RASIERTEN – Partei für Wohlstand und Sexualhygiene.

Bonus-Text

An dieser Stelle wollen wir an Ingo Insterburg erinnern. Man rufe sich die Melodie seines Klassikers „Ich liebte ein Mädchen" ins Gedächtnis – und intoniere inbrünstig die nun folgenden Zeilen!

Ich liebte ein Mädchen im Rheinland

Ich liebte ein Mädchen im Rheinland,
bei der ich mich gerne einfand.

Dort liebt' ich ein Mädchen in Kölle,
mal war es Himmel, mal Hölle!

Ich liebte ein Mädchen in Kevelaer,
auch die machte mir nur das Leben schwer.

Ich liebte ein Mädchen in Düren…
Sie sagte, sie würde nix spüren!

So liebt' ich ein Mädchen in Inden…
Doch *die* konnt' sich nie überwinden.

Ich liebte ein Mädchen in Tönisvorst,
sie war die Schöne, ich der Horst!

Ich liebte ein Mädchen in Königswinter,
da war *überhaupt* nix dahinter.

Drum liebt' ich ein Mädchen in Soest,
sie spendete wenigstens Trost.

Dann ließ ich es im Rheinland sein
und *zog* mal weiter südlich rein...

Ich liebte ein Mädchen in Niederzissen,
die hat mich erst mal gebissen!

Ich liebte ein Mädchen in Nickenich...
Sie sagte mir gleich, sie mag *Dicke* nich'!

Ich liebte ein Mädchen in Klein-*mai*-schaid,
doch *die* ließ mir leider kei *Frei*-heit...

So liebt' ich ein Mädchen in Simmern,
die brachte mein Herz gleich zum Flimmern.

So *kam* ich an in der *schönen* Pfalz,
und alle fielen mir *um* den Hals!

Ich liebte ein Mädchen in Eppstein…
Auf *sie* fiel gleich jeder Depp rein.

Ich liebte ein Mädchen in *Ludwigs*hafen,
da hab' ich wenigstens *gut* geschlafen.

Ich liebte ein Mädchen in Mundenheim,
die *ließ* mich immer erst nach Stunden heim.

Dann liebt' ich ein Mädchen in Maudach,
sie wollte, dass *ich* mich erst schlau mach'!

Ich liebte ein Mädchen in Frankenthal –
und landete *danach* im Krankensaal.

Ich liebte ein Mädchen aus Alzey…
Sie meinte, dass sie aus der *Pfalz* sei!

Ich liebte ein Mädchen in Mutterstadt…
Oh *Gott*, was *die* für 'ne Mutter hat!

Ich liebte ein Mädchen in Speyer.
'S war immer die gleiche Leier!

Ich liebte ein Mädchen aus Dirmstein,
dann *schal*tete ich mein Ge*hirn* ein.

Ich liebte ein Mädchen in Landau,
oh nein, dass ich *mir* sowas *an*schau'!

Ich liebte ein Mädchen in Schifferstadt,
die ihr *Herz* leider nur für Kiffer hat!

Ich liebte ein Mädchen in Böhl-Iggelheim,
da *schleppte* ich mir gleich Pickel ein!

Ich liebte ein Mädchen in *Mai*kammer!
Bei ihr war nur das Ge*schrei* Hammer!

Ich liebte ein Mädchen in Edenkoben!
Auch die hab' ich erst mal weggeschoben!

Dann liebt' ich ein Mädchen in Neustadt,
die leider viel zu viel Scheu hatt'!

Ich liebte ein Mädchen in Germersheim.
Nie *wieder* wollte mir wärmer sein.

Ich liebte ein Mädchen in *Kirr*-weiler…
Ich war *deutlich*, doch sie fand *wirr* geiler!

Ich liebte ein Mädchen in Hassloch,
ich *sah* sie und dachte mir: Was noch?!

Ich liebte ein Mädchen in Klingen*münster*,
doch die hatte nix übrig für Künstler.

So lieb' ich ein Mädchen in Altrip,
auch *die* wurd' beinah zum Fallstrick!

Drum *macht'* ich mich schließlich *auf* die Walz
und ging wieder weg aus der schönen Pfalz!

Jetzt *lieb'* ich ein Mädchen in Bonn!
Und sie weiß gar nix davon!

AUS!!!!

Von NichtGanzDichter bei Tredition erschienen:

NichtGanzDichter:

Best of Slam Poetry

Bühnentexte – NichtGanzDichter

NichtGanzDichter

BEST OF

S L A M

POETRY

BÜHNENTEXTE

inkl. „Ich spiele Schach!"
„Rebellion 2.0"

Inhalt:

NichtGanzDichter… dieser Name ist Programm! „Originell, speziell, schwerstbegabt", so lautet die Devise! Seit 2008 tritt der umtriebige Künstler bei Poetry Slams und Lesungen auf. In seiner Rolle als rappender Schachspieler „MC Mate" ist er längst einem breiteren Publikum bekannt. Auch geigt er, ganz im Stile eines verzweifelnden Streetworkers, seinen „Homies" die Meinung – wenn er nicht gerade ein Loblied auf die „erotischste Großstadt Deutschlands" singt, die da wäre: Ludwigshafen!

Doch auch die nachdenklicheren Töne kommen im überaus vielseitigen Schaffen des Naturwissenschaftlers und Journalisten nicht zu kurz: Sei es eine Zustandsbeschreibung unserer schönen, neuen und bösen Welt, der Aufruf zu einer Rebellion 2.0, der lautstarke Zusammenprall der Geschlechter auf der Bühne oder die ewige Sehnsucht nach Liebe.

Mehr als 50 Podestplätze bei Poetry Slams von Berlin bis Germersheim stehen für den nicht ganz Dichten bisher zu Buche. Die 30 besten Bühnentexte sind Gegenstand dieser - nun erweiterten - Sammlung!

180 Seiten, 3. Auflage 2019.

ISBN (Paperback): 978-3-7469-1902-7	10,99 EUR
ISBN (Hardcover): 978-3-7469-1903-4	17,99 EUR
ISBN (e-Book): 978-3-7469-1904-1	2,99 EUR

NichtGanzDichter:

Best of Slam Poetry #2

Inhalt:

Inzwischen hat NichtGanzDichter sein zehnjähriges Bühnenjubiläum gefeiert – Grund genug für eine neue Textsammlung!

„Best of Slam Poetry #2" vereint die zwanzig spannendsten Bühnentexte des in Ludwigshafen und Köln ansässigen Spoken Word Performers aus der Schaffensperiode 2018/2019.

Mit viel Wortwitz und auf unnachahmliche Weise hält NichtGanzDichter ein Plädoyer „Gegen Hass und Gewalt" und für die Dankbarkeit, rappend nimmt er den allgegenwärtigen Markenwahn aufs Korn, er präsentiert „Europa in 5 Minuten" und bekennt, dass er nun mal „Einen Tic anders" ist.

Freuen Sie sich auf taufrische, gehaltvolle, skurrile, packende und überwiegend poetisch vorgetragene

Werke! Über 70 Mal stand NichtGanzDichter bei literarischen Wettbewerben auf dem Treppchen.

120 Seiten, 1. Auflage 2019.

ISBN (Paperback):	978-3-7482-6035-6	9,99 EUR
ISBN (Hardcover):	978-3-7482-6036-3	16,99 EUR
ISBN (e-Book):	978-3-7482-6037-0	2,99 EUR

NichtGanzDichter:

Geschichten eines nicht ganz Dichten

Meine verrücktesten Begegnungen – ein Schwerstbegabter packt aus!

Inhalt:

NichtGanzDichter… dieser Name könnte dem einen oder anderen schon einmal beim Poetry Slam begegnet sein… Dort tritt der umtriebige Poet als rappender Schachspieler in Erscheinung und setzt das johlende Publikum kollektiv schachmatt. Doch NichtGanzDichter ist mehr: Das Leben des Naturwissenschaftlers, Journalisten und Maklers verläuft alles andere als in normalen Bahnen. Immer wieder zieht er skurrile Menschen geradezu magisch an. Sei es ein Professor, der täglich durchs Hochschulgelände brüllt und sich als Hobbydetektiv betätigt, sei es ein Steuerberater, der zugleich als Hooligan unterwegs ist und dessen Dachschaden sich auf 70.000 EUR summiert… oder zwei russische Spioninnen, die den Dichter in Köln observieren, eine französische Bulldogge, die beim Klavierspiel assistiert, ein Haribo-Schlumpf, der ihn am Ende den Job kostet – oder jenes Internet-Date, das sich über die Feuerleiter auf und davon macht! Von solchen und ähnlichen Begegnungen erzählt das vorliegende Werk. Ob es im Einzelfall lustig, traurig oder bedenklich ist, möge der Leser selbst entscheiden. Eines dürfte jedoch feststehen: NichtGanzDichter ist originell, speziell und schwerstbegabt! Letzteres ist sogar amtlich attestiert.

128 Seiten, 2. Auflage 2018.

ISBN (Paperback): 978-3-7439-1169-7   10,99 EUR
ISBN (Hardcover): 978-3-7439-1170-3   15,99 EUR
ISBN (e-Book):   978-3-7439-1171-0   2,99 EUR

Platz für Notizen

Zeitfracht Medien GmbH
Ferdinand-Jühlke-Straße 7
99095 Erfurt, Deutschland
produktsicherheit@kolibri360.de